PIERRE ALCOPA

LES ÊTRES, LE SEXE ET LE NON-ÊTRE

LE DIRE VÉRITABLE, 1

Roman

L'auteur n'est pas le mieux placé
pour les corrections. Aussi demande-t-il
au lecteur à l'œil sagace un peu d'indulgence.

© Pierre ALCOPA, 2021
ISBN : 978-2-322-27210-5

À Outis…

Panta Onta – nées de l'écume des vagues – bellement nues à la surface de la Terre, voluptueuses sous les embruns ardents d'une mer jaculatoire toute piquetée d'une puissante pluie érubescente, les gouttes copulant à touche-touche sur les peaux sauvagines en éclatant comme des éclairs pleins du feu du ciel.

Un son dantesque avait éclos à mesure qu'avait jailli de *Panta Onta* une fleur carnivore rouge sang : la Start-up-nation, pétales de feu cernés par la mer.

Chères lectrices, chers lecteurs, souvenez-vous qu'en présence de cette femme et de cet homme, silhouettes phalloïdes simiesques qui pénètrent nues dans le silence et le réel de la chambre conjugale, et qui vont se rabaisser à quatre pattes pour copuler crûment sous vos yeux inaperçus, souvenez-vous que vous serez amenés, non sans danger pour vous et les personnages de ce petit livre très cru destiné à la clandestinité, à une espèce d'omniprésence en surplomb de l'inachevé du sexuel qui palpite, avec un son clinique flasque, au cœur de la crainte de la mort, comme une énigme dans un miroir à glace ternie en contrejour, devant lequel vous pourriez devenir, pour le meilleur comme pour le pire, peut-être au-delà du Bien et du Mal, de la Beauté et de la Laideur, des voyeurs visionnaires extatiques. Conscients d'un risque d'échec radical, efforcez-vous d'halluciner maintenant cette image tremblante : une sépulcrale chute de reins que surplombait le Boiteux (il avait les chevilles percées) prenant en levrette bien claquée Valérie Ladès à la sombre chevelure ceinte d'une cordelette Jocaste rouge. Ils étaient comme au pied d'une crucifixion invisible. Des siècles de capitalisme patriarcal – niant le corps – avaient structuré leur sexualité, plaçant leur origine pornographique comme épouvantail idéologique et inventant l'Amour afin de réunir dans l'Un conjugal ces deux êtres radicalement différents et sans rapport qu'étaient les femmes et les hommes. Le Boiteux était conditionné aux signifiants phalliques du corps de la femme, laquelle, sous puissance d'une idéologie néolibérale du sexe, était destinée à condescendre à la jouissance phallique. L'union sexuelle ne visait pas au plaisir, mais à la performance et la mortification. La femme était un capital sexuel ouvert à une compétition loyale, libre et non faussée. Et sous nos yeux, cette conjonction copulative, non séparée de la négation, bien ajustée à cet environnement nouveau d'atomisation complète créé par le néolibéralisme, mettait en jeu la vie sexuelle d'une femme et d'un homme, dont nous pouvions dire, à les voir ainsi copuler, qu'ils étaient *nés sans péché originel*. Les murs cloqués de la chambre conjugale résonnaient du martellement incessant de la houle contre les façades de l'immeuble au style rationaliste fasciste. Le sol crasseux était couvert de vêtements épars – robe, pantalon, chemise, cravate... Sur le lit-bûcher, garni d'un drap en cuir rouge violine, deux formes sombres étaient animées par une force pulsante. Le Boiteux, structuré par l'angoisse ontologique de la castration, s'abîmait dans l'attrait exercé par les grosses fesses et la protubérance anale. Valérie Ladès avait la main droite plaquée sur la fesse droite, son bras formant ainsi un angle droit obtus. Puisqu'elle le lui avait demandé – « Je jouis plus vite par le cul que par la chatte ! Prends-moi comme une sale chienne ! Tu peux y aller, j'encaisse ! Vas-y ! Rougis-moi le cul ! » – le Boiteux la sodomisait en la tenant d'une main ferme par l'avant-bras, dont les veines bleues serpentaient comme un tatouage vers la main plaquée sur l'opulente fesse d'aspect capitonné. Sexualité à rebours auprès du cadavre crucifié. Sexualité substitutive. De nature oppressive. Boiterie intime de *l'avoir ou pas* qui se terminerait un jour dans la haine – l'entrée dans la violence se fait à travers la sexualité – comme nous le verrons plus loin. Les reins cambrés, la colonne vertébrale de la femme-sadisée s'incurvait d'un côté jusqu'au pressentiment anal de la fin ultime, pour remonter de l'autre vers la tête toute raturée par la ligne brisée de la soumission comme mode de narration de soi. Pourquoi le Boiteux avait-il choisi comme objet de désir Valérie Ladès à la sombre chevelure ? alors qu'il savait qu'elle ne pourrait lui répondre à la nécessité du désir que par la jouissance ratée, le tremblement du manque et la frustration. Ainsi se montrait-elle froide au lit. Elle ne s'abandonnait pas. Elle était passive, toujours sur le qui-vive, s'obligeant à orienter ses capacités sexuelles vers un seul but : la production d'une valeur faciale où la doxa néolibérale dominait. Quelquefois elle poussait des gémissements simulés – une mélodie qui venait du fond de l'esclavage –, lançait des interjections vicieuses, prenait la position sexuelle et politique subalterne vis-à-vis de l'homme hétéro-patriarcal. Mais la volupté restait fade sous la houle silencieuse de sa lourde poitrine lactifère. Elle se laissait prendre. Elle se laissait faire. Elle se laissait manipuler comme une poupée propitiatoire sans manifester la moindre initiative, sans éprouver le moindre plaisir. Rassurant au début pour l'homme de névrose qui devait affronter sa peur du sexe et des femmes ; mais c'était vite devenu culpabilisant, car en résonnance avec le viol. Le temps du Boiteux était donc compté face à cette résistance dédaigneuse et majestueuse. Son bas-ventre velu claquait contre l'opulente croupe, sonorité flasque d'une vélocité fougueuse, tels les pieds nus d'une fille naturelle, les flancs arrondis, les seins gonflés de volonté de puissance, et qui courait sur l'asphalte gras des rues désertes, les fesses roulant comme les grosses vagues de la mer retentissante. Le pénis-anal-effractant, qui frappait *prestissimo* contre la paroi recto-vaginale, émergea subito comme l'émission d'une selle. D'un tour de reins, avec ce regard dur sur le visage, Valérie Ladès s'était déprise du Boiteux. L'anus ouvert sur le noir le plus noir se referma comme le diaphragme à iris d'un appareil photographique. Le regard sombre en dessous, un petit visage ovale méchant, Valérie Ladès, enorgueillie, fixait durement le Boiteux en empaumant la verge tout embrenée. La voix farouchement haineuse accompagnait les coups redoublés de sa main conchiée avide de libations crues. « Qu'est-ce que tu bandes, salaud ! » disait-elle. « C'est pas le but recherché ? » lui demandait le Boiteux. « Si ! Sûrement ! Mais tu auras beau me prendre autant que tu veux, il y aura toujours une couche d'atomes qui nous séparera : jamais tu ne me pénétreras ! Jamais tu ne me posséderas ! Personne ne me prendra en face à face ! Jamais ! » Et elle savait que si elle pensait la mobilité de sa main sur la verge d'excréments – objet partiel d'un pragmatisme souple et carnassier – cette pensée immobiliserait la main. « Dépêche-toi, j'ai plus de salive ! » lança-t-elle en crachant au-dessus du gland bien gonflé. Mais le Boiteux ne parvenait toujours pas à éjaculer des millions de spermatozoïdes aveugles vers un destin tout autant aveugle, car Valérie Ladès était devenue sombre, dure comme la pierre, donnant l'impression d'exister par elle-même et pour elle-même, et ce qu'elle lui faisait mécaniquement avec sa main animée *prestissimo* par l'effet de sa perpétuelle colère, ne lui procurait qu'un brûlant déplaisir. Elle le faisait expier. « Je vais te faire cracher ! Tu vas cracher ! Regarde-moi dans les yeux ! Ô !!! c'est bon *ça*, hein ? » Le sperme se répandait sur la main piaculaire comme un duvet de lumière fossile, coulant le long du poignet et sur la verge rugueuse, semée d'un lacis de veines saillantes qui lui donnait un aspect préhistorique inquiétant. Valérie Ladès ondoyait tel un serpent qui déroulait ses anneaux. Sur le mur cloqué, le Boiteux voyait l'ombre serpentine jaillir de la chevelure ceinte d'une cordelette Jocaste.

— Ce n'est pas ce que tu crois ! disait-elle.
— Je veux savoir la vérité ! disait-il.

N'oubliez pas, chères lectrices et chers lecteurs, de garder conscience d'avoir affaire à une fiction invraisemblable, un collage de mots, un détournement d'images, d'idées et de concepts, ce qui n'a rien à voir avec la réalité et encore moins avec le *réel*... Il ne vous reste que cet objet livre avec lequel vous interagirez dans le silence de votre pensée selon votre vécu et votre imaginaire.

Un drone, équipé de l'œil anal de l'État policier, bourdonnait dans le ciel nocturne. Une approche grand-angle sur la situation des avenues arborant la symbolique fasciste, éclairées par d'immenses panneaux pornopublicitaires qui imposaient tous le même type de jeunes filles nues, dont les têtes décapitées par le hors-champ étaient comme avalées par les bords en acier chromé de chaque panneau. Derrière l'épaisse paroi de verre, ces filles éthérées, aux fesses testiculaires impressionnantes, étaient comme intouchables et impénétrables. Elles projetaient dans les moindres interstices de la Start-up-nation leurs slogans.

L'ANTIRIDE GLOBAL
CORPS ZÉRO DÉFAUT®
POUR UNE PEAU BELLE À CROQUER !

PAS D'ALTERNATIVE !
LA MINCEUR EST UNE VALEUR SOCIALE !

CORPS ZÉRO DÉFAUT®
VOTRE MEILLEURE DÉFENSE !

Trônant sur un monument aux morts, une croix haute de cent cinquante mètres surplombait l'avenue des Bienheureux, où des silhouettes sombres se faufilaient sur les trottoirs en guignant le crucifié en sang, figure de la toute-puissance et du bonheur. Seules les ombres filiformes de ces corps désincarnés se frôlaient, s'entrecroisaient et s'absorbaient en suivant bien le continuum sécuritaire du schéma national du maintien de l'ordre. Des papillons de nuit se cognaient contre le verre d'un réverbère rouillé, pas loin duquel marchait, avec une régularité de métronome, Valérie Ladès à la sombre chevelure. Une cascade de boucles ténébreuses flottait sur ses épaules. En dessous de sa salope, manteau de satin noir cintré, elle portait une petite robe Jocaste noire sous laquelle ses fesses nues roulaient comme les grosses vagues d'une mer conculcatrice. Elle avait les chevilles bien prises dans les lanières en cuir de lourds escarpins noirs à très hauts talons – fétiches séculaires de la culture d'entrave. Valérie Ladès s'arrêta à l'arrêt de l'autobus. Elle consulta le panneau des horaires et constata, avec un geste d'agacement, qu'elle venait de le rater de peu. À cette heure tardive de la nuit, une longue attente était nécessaire pour le prochain départ. Elle s'assit sur le banc en acier alvéolé. Elle croisa ses longues jambes galbées dans des bas ivoire avec liseré arrière noir. La semelle des escarpins à très hauts talons était assortie aux bas, lesquels étaient accrochés par de petites agrafes en métal à un porte-jarretelles – l'étroite ceinture en dentelle noire ceignait les larges hanches striées de vergetures blanches et nacrées qui convergeaient par le pli du ventre et les sillons des cuisses vers la vulve épilée, dont l'exhalaison musquée était favorisée par l'absence de slip, car, pour plus de confort, de sensations agréables et inattendues, pour décupler sa confiance en soi et son orgueil, Valérie Ladès, femme puissante, ne portait jamais de slip – et encore moins de soutien-gorge. Le treillis du plafonnier de l'abribus projetait son ombre mitée sur le visage dur de Valérie

Ladès, en particulier sur sa bouche close. Son regard en dessous, creusé de cernes, se posa sur la porno-image d'une fille nue, de dos, la tête coupée hors-champ. Un corps ferme, moulé, sculpté, retravaillé sur algorithmes selon les critères scientifiques de beauté anorexique. Sous les fesses hypertrophiées, un texte en lettres noires :

L'UTÉRUS ARTIFICIEL :
UNE AVANCÉE TECHNOLOGIQUE
POUR SÉPARER LA PROCRÉATION DE LA
SEXUALITÉ.

Valérie Ladès lisait. Elle lisait toujours tout. C'était plus fort qu'elle. La porno-image reflétait une lumière blafarde sur son auguste visage aux grands yeux coupés en amande et maquillés d'azur noir. Un papillon crépusculaire, à la livrée pâle mouchetée de noir, vint tourbillonner autour d'elle, perturbant sa rêverie d'atteindre par la discipline, la contrition et la relation charnelle *décharnalisée* la perfection physique, de faire de son corps un outil de travail qui la valoriserait comme capital sexuel dépourvu de cette référence à la procréation et à l'accouchement, et lui ferait *gagner* comme les hommes ce qu'elle avait *perdu* dans le lit à coucher de Procuste en y sacrifiant dans le sang son hymen – les garçons en *perdant* leur virginité *gagnaient* en virilité ; les filles *perdaient* leur virginité, point barre !

D'un geste lent de sa longue main osseuse, elle chassa le papillon. Celui-ci, attiré par la lumière de la porno-image, alla papillonner autour de l'immense croupe juvénile qui annonçait la disparition pure et simple de la différence des sexes. Sur le verre feuilleté clair luisait, au niveau des fesses, le reflet d'une fenêtre allumée dans la nuit. Derrière cette fenêtre, Valérie

Ladès la sagace devinait la palpitation hypnotique d'un écran de contrôle noir et globuleux, d'où s'échappaient les paroles ailées d'une jeune femme *contre-nature*, parce que *hors-la-loi* – la vulgarité était son âme, sa langue le sale et son corps, sous sa robe, était l'obscène, le sauvage et l'ordure dans la préconscience de la mort. Pour troubler le jeu de guerre de ses ennemis, elle était vêtue d'une robe blanche en latex, moulante et ultra-courte, la surface lisse épousant au plus près les lignes de son corps à la morphologie en huit, magnifiant le volume de sa petite poitrine, le galbe de ses hanches pulpeuses. Cette deuxième peau artificielle ruisselait d'éclats de lumière blanche électrique et lui sculptait une silhouette envoûtante sur le qui-vive. Des bas de couleur chair scintillaient tout au long de ses jambes croisées qui paraissaient immenses sous l'angle de prise de vues de la caméra en contre-plongée et équipée d'un objectif à courte focale. Au niveau du mollet – elle avait de belles et fines chevilles – un tatouage éphémère d'un petit papillon vert achronique ondoyait doucement sous les contractions des muscles. Les longs cheveux couleur filasse entouraient un visage *vulgus* anguleux et sans fard, les joues toutes grêlées de petites cicatrices d'acné. Elle avait de petits yeux sombres coruscants, cernés d'un bleu transparent, un long nez busqué et une petite bouche purpurine très fine, sur laquelle se dessinait un sourire de loup. Un ruban rouge tranchait sur son cou. Elle fronçait les sourcils tout en parlant. Ses paupières, maquillées d'azur vert, étaient frangées de cils plumeux. Son nom d'emprunt s'inscrivait en lettres noires : Daria Sordidi. D'une intelligence percutante, avec une belle voix rauque calme et ferme, elle répondait à chaque question avec une sécheresse objective, excipant d'arguments solides et pleins de finesse. Sans instruction, travailleuse du sexe pour sauver le monde et être libre, elle expliquait qu'elle était autodidacte en philosophie tragique (anti-idéaliste). Que son projet d'enquête était d'utiliser son expérience sexuelle pour écrire une ontologie d'économie générale sur la trivialité et l'obscène. Avec de tels propos, s'exposait-elle aux premiers coups de feu du nouvel autoritarisme. Et le programme était diffusé avec le passage en continu d'un bandeau noir d'avertissement : « Ne vous laissez jamais guider par vos yeux et vos oreilles qui forniquent. » Au fur et à mesure que la jeune femme parlait de la *vulgarité* comme une manière d'être, où les instincts sexuels étaient ressentis et assouvis sans contrainte, où le corps – comme le monde – était animé et rempli de pulsions qui ne cessaient de désirer violemment la volupté interdite, et où toute copulation relevait de la mise en scène d'un deuil qui ramenait au sein de la nature primitive et sauvage – « Lâches ! Baisez et renoncez à la société ! » lançait-elle aux hommes face caméra –, à mesure de ce dire véritable, l'image de la jeune femme rétrécissait sur l'écran de contrôle noir et globuleux, comme si elle était aspirée à l'intérieur d'un océan noir… Dans ce territoire sans limites, Valérie Ladès à la sombre chevelure voyait ramper un homme, le Boiteux, son compagnon de lit et de vie…

Le Boiteux avait honte, car il se sentait nu. Il rampait, la bedaine flasque écrasée contre le sol d'un noir humide et gluant. Il avait un visage ridé et gris, avec de gros yeux bleu acier, un long nez busqué, une bouche mince, le tout étrangement surmonté d'une tignasse noire et plumeuse. Le Boiteux se sentait irrémédiablement rapetisser à l'intérieur de son corps. Il rampait, avec difficulté, au creux du sillon de sa souffrance, comme une petite larve. Une voix fantôme ne cessait de lui murmurer que ce que la chenille appelle la fin du monde, les mouvements de l'énergie à la surface du globe terrestre l'appellent le papillon. Et le Boiteux avait peur. Une peur qui lui comprimait douloureusement la poitrine. Comme une piqûre d'épingle. Il devinait qu'il était en train de mourir, de glisser dans un abîme, le même que celui d'avant sa naissance, bien avant le moment opportun où le spermatozoïde frénétique, emporté par l'effervescence générale de la vie, avait pénétré de plusieurs milliards de coups de flagelle sa proie ovulaire. Pour ne pas sombrer derechef dans le non-être d'avant cet instant de pur hasard et nécessité, le Boiteux se devait d'entreprendre quelque chose. Mais quoi ? S'accrocher où ? S'attacher à qui et à quoi ? Alors, d'un coup de reins violent, il se dressa… et il se retrouva dans la pénombrale chambre conjugale, aux murs cloqués et suintant d'humidité, au pied du lit à coucher couvert d'un drap de cuir rouge violine maculé de taches. Ça puait le sexe là-dedans ! Il devinait sa main gauche frottant avec vigueur et à sec son vit dressé vers la promesse d'une exsudation conforme à l'origine stellaire de tout mouvement. Le Boiteux ouvrait des yeux très grands pour tenter de visualiser dans l'obscurité Valérie Ladès allongée sur le lit conjugal, les cuisses cellulitiques écartées sur une main qui voilait sa fente musquée – nacre rose et coquille brune –, ce sexe qu'elle obombrait comme un objet tabou parce qu'elle ne voulait plus que le Boiteux la possédât de toute son énergie maudite. Se fermer comme une huître. Lui, se branler comme un chien, frotter sa bite de chien avec une régularité mécanique staccato, pour faire monter en soi cette image fugace de Valérie Ladès pénétrée par l'effraction du pénis. Puis capturer cette image, la cadrer, avec une bordure de deuil, la mater à mort et la figer sur la rétine sensible le plus longtemps possible, pour avoir le temps de retarder l'échéance de la mort en ouvrant l'huître, et de rencontrer – enfin ! – le fantasme du désir refoulé. Conatus insurmontable ? Rendez-vous manqué ? Le fantasme ne répondait plus ? Car, pour *jouir* il lui fallait nécessairement s'identifier à la femme fantasmée, à son éventuelle excitation, dont la source serait ce retour du refoulé de l'effraction vaginale mise en avant par rapport à l'agressivité masculine… Pathétique : du sperme épais, très blanc, très odorant, giclait, comme un désir d'anéantissement, saccades impétueuses sur le lit conjugal vide, où prédominait la vérité scientifique brutale du rapport anal, forme totale et dynamique d'une expression sexuelle intériorisant la *pulsion de mort* dans la méconnaissance du vagin et menant la femme ainsi châtrée au stade phallique. Des centaines de millions de spermatozoïdes, qui nageaient dans la violence originelle – mouvement exubérant de l'énergie issue du soleil féroce –, ruisselaient vers le chaos. Et les murs décrépis vacillèrent dans la noirceur. L'ampoule de dix watts, piquée au plafond lézardé, s'éteignait lentement…

En ouvrant les yeux, le Boiteux voyait surgir du noir sa table de travail, au 6ième étage de la multinationale Corps Zéro Défaut qui l'employait depuis plusieurs années pour qu'il coloriât en noir, blanc, rouge et vert des rues sur des plans de différents secteurs de la Start-up-nation. Chaque couleur correspondait à un commercial qui devait prospecter tel quartier afin de vendre des produits cosmétiques antiâge pour corriger, rectifier et améliorer le corps des femmes. Ces coloriages répétitifs, ennuyeux et fatigants pour les yeux, ne trouvaient de compensation pour le Boiteux que dans l'observation clandestine du décolleté *sexy* de Georgia, sa collègue assise vis-à-vis de lui et occupée à la même tâche. Par instant, elle se voûtait, l'encolure du chemisier bâillait alors sur les deux petits seins comprimés dans de la dentelle blanche. Ainsi la vraie vie reprenait-elle ses droits : contempler les femmes pour être l'égal, sinon plus, des déesses païennes. Georgia avait trois qualités : un cœur *barbare*, un cerveau qui fonctionnait différemment et des idées ultra-larges. Souvent, pendant les pauses, elle ne dédaignait pas de s'enfermer dans les pénombrales Toilettes pour Femmes avec le Boiteux afin de partager un joint bien tassé d'herbes folles. Le midi, ils allaient manger ensemble dans un parc un casse-croûte.

Quelquefois elle lui racontait les *paniques* de son ex-conjoint, lorsque celui-ci était en manque de drogue ; leurs disputes, où elle lui balançait de la vaisselle : un soir, il eut juste le temps de se baisser pour éviter un plat en inox qui alla éclater le miroir à glace ternie faisant front à la chambre conjugale. Certains différends s'achevaient dans le lit à coucher, où elle se faisait – se laissait – sodomiser jusqu'à la garde : la violence intérieure masculine se libérait et se déchaînait sans limites. Georgia, vassale maudite au cul sacré, tournait sa tête échevelée vers son suzerain vigoureux, une imploration muette dans les yeux dilatés par l'excitation, la peur, la douleur et la drogue. Le surcroit de haine virile se consumait dans le luxe de la merde, dans les gifles sadiques, voire substitutives au primat phallique, sur les fesses de Georgia et dans l'expression indécidable sur le visage vulgaire d'icelle, la bave aux lèvres angoissées. Après la séparation de corps et de biens, Georgia avait vécu longtemps seule, enfermée chez elle devant l'écran de contrôle chronophage et hypnotique. Des soirées entières à s'endormir affalée sur le canapé de cuir rouge marbré. Des nuits entières à se branler avec des objets électroniques à faible durée de vie qui lui faisaient *pschitt ! crac !* et *boum !* dans le vagin – tandis qu'elle s'imaginait un *homme* membré comme un cerf et qui la saillait et l'engrossait en bramant la victoire des femmes qui renverseraient l'ordre social en refusant de le reproduire. Puis les jours et les nuits étaient devenus un seul espace-temps continu sous l'effet de la came, du sexe en solitaire, de sa pensée sauvage en arborescence, de la consumation débridée de ses forces. Elle avait inventé la débauche solitaire. L'étreinte charnelle anachorétique. Des journées entières dans les arbres à se masturber avec l'intensité du feu dans le feu, lui avaient permis de traverser les couches successives de son être, d'arpenter une véritable forêt originelle, jusqu'à se retrouver dans un désert, toute nue, désemparée et effrayée par ce qu'elle découvrait d'elle-même et du monde sauvage. Une connaissance autre, tragique et lucide – comme cette fulgurance, dans la cour du collège, alors qu'elle était âgée de douze ans, durant laquelle elle se sentit toute minuscule dans un univers infini, plein d'étoiles et de galaxies mais totalement indifférent à donner un sens à tout ce qu'elle voyait autour d'elle, hormis le tremblement conceptuel que tout cela aurait pu ne pas être. Déserts primitifs où elle mourut, non seulement à son moi égotique, mais aussi à la doxa néolibérale de ce beau monde absurde : discours mensongers, mises en scènes médiatiques, arrogance du politique, horizon indépassable de la valeur travail, besoins virils d'actes sexuels non consentis par les femmes mais culturellement acceptés, souci d'un but, obsession de la plus-value, avoir du *cash-flow* et gagner la guerre économique. Une crise sous forme de grâce, ou une grâce sous forme de crise. « La dépression nerveuse comme une chance », se dira-t-elle. Au bout de l'intensité de ses nuits sexuelles, il n'y avait plus rien de conceptualisable. Une existence nue. Seul ce qu'elle voyait l'occupait pleinement, au rebours du sens commun, dans une clarté éblouissante et angoissante. Elle ne voulait plus être justifiée par des paroles et des concepts, ni être par des concepts et des paroles désirée, baisée, condamnée, violée. Elle voyait ses murs de livres brûler comme de la paille. Elle était devenue une *nature-morte humaine*, vidée de son moi vaniteux et orgueilleux, une offrande destinée à la vie la mort, son corps outrancier, séparé de l'esprit en repos parfait, couché sur la félicité d'une volonté et d'une pratique éternelles et intemporelles du sexe dans son caractère le plus brut et le plus pur. Par ce fond primitif de la vie, elle avait un accès direct à la réalité ultime : la bestialité fondamentale qui nous constitue de manière instinctive. Privée d'attaches, morte au sur-moi et au moi égotique, naturellement contemplative, *baisant* avec une intensité primitive dans un esprit obstiné de détachement, d'anéantissement d'elle-même dans le *réel* immanent, Georgia partait régulièrement jouer les sirènes silencieuses sur les rives du Styx afin de s'y affirmer par l'outrance d'une sexualité hors des normes. Caractère tragique de l'acte sexuel dans la beauté de la mort et des ruines. Le vent brûlant soufflait fort. Le soleil projetait ses rayons ardents de lumière crue. Une pluie de soleil sur ce territoire minéral. Un sexe viril, tout oint de mouille, qui foudroyait comme la lame d'un couteau bien membré. L'eau noire du Styx s'écoulait très lentement, en gardant une surface lisse spéculaire, sur laquelle Georgia aimait à se voir bellement vulgaire, la peau blanche sauvagine, les petits seins durs comme la pierre – un minuscule papillon vert tatoué sur le sein droit –, le poil animal duveteux frissonnant le long du galbe des bras et des cuisses, sur le ventre rond, sur le dos musclé, au creux des reins et sur les fesses, vers le sillon glutéal, cette profonde incise d'un noir pluriséculaire qui lui sculptait une silhouette callipyge – laquelle silhouette, quelquefois, venait traverser anxieusement les songes du Boiteux, comme la promesse d'un ultime coït au bord du Styx. Allongée toute nue auprès du Boiteux, nu également – leurs corps absorbaient l'énergie de la lumière solaire pour ensuite la dilapider sans compter en *baisant* dans la laisse des eaux noirs du Styx – Georgia lui murmurait d'une voix rauque sépulcrale que les nuits étaient courtes et les journées fatigantes ; qu'elle se distinguait des autres filles par sa rage sexuelle effrénée et inexorable – elle adorait *ça* ! – ; et puis, dès lors qu'elle trouvait belles l'obscénité, la trivialité, la gravelure… la cochonnerie quoi !, elle prenait, parfois, des polaroïds d'elle-même en train de *baiser* avec cette grâce animale qui ruinait le Bien et le Mal. Elle en avait tout un tiroir de ces images au ras du réel qui dépassaient l'entendement, imposaient le silence et faisaient d'elle une *hors-la-loi*. Pour Georgia, la sexualité humaine bourgeoise n'était qu'une dialectique du Maître et de l'Esclave, avec son incontournable négativité nécessaire pour un meilleur toujours à venir. Ajourner le moment de jouir.

Pour sortir de cette nuit profonde, il fallait croire au *réel* ; dire *Oui* au grouillement organique du monde et à l'*amour physique ordurier* sans aucune réserve, ni mesure, ni limites, avec courage, subtilité et une fascination frontale angoissée. Georgia aimait aussi taquiner le Boiteux en lui dressant un compte-rendu de ce meurtrier qui enfermait des papillons – vivants – dans le corps des femmes qu'il avait tuées après les avoir violées : un nouveau cadavre venait d'être découvert dans une chambre d'hôtel. C'était peut-être lui l'assassin, lança-t-elle en riant avec éclat. Elle avait une curieuse dentition de bête sauvage. En se redressant, elle ajouta que l'on avait tous quelque chose de très important à faire avant que la centrale nucléaire alentour, compétitive et rentable, ne sautât : *Baiser* à mort ! Elle fit volte-face : le pli fessier gauche s'effaça lorsqu'elle hancha sur sa belle cuisse droite. Les trois muscles fessiers créaient une région glutéale impressionnante par sa sphéricité. D'un point de vue pulsionnel, le Boiteux y devinait un écorché, muscles rouge sang avec leurs entrelacs de nerfs et de vaisseaux, comme s'il observait un cadavre disséqué. Puis Georgia s'éloigna en chaloupant vers les eaux noires du Styx. Ses fesses étaient tout entières exubérance, figurant le vaste mouvement de l'énergie qui animait le monde et la nuit stellaire. Son grand dos, d'allure athlétique, se creusait de petites dépressions et d'entrelacs noueux sous les contractions du grand dorsal et des trapèzes, dont les faisceaux roulaient sous la peau satinée. Le galbe des épaules et l'évasement du dos affinaient au visuel la taille. Le losange de Michaelis, délimité par les fossettes iliaques et le raie des fesses, accrochait les regards du Boiteux. Il avait la bouche hantée d'un goût lui rappelant le sexe velu de Georgia, avec ses chairs plissées toutes humides d'une petite mouille remontant des fonds d'un abîme. Les fessiers fermes et ronds se dérobèrent à la vue. Georgia nageait à l'indienne dans le fleuve noir. En la regardant s'éloigner, le Boiteux repensait à cette étrange histoire d'assassin. Un sentiment… de culpabilité diffuse… d'auto-accusation sournoise… d'irréversibilité de l'acte d'avoir tué… angoisse castratrice, avec son cortège d'images sexuelles où la violence est le champ… Un hurlement vint l'arracher des griffes charnues de sa mélancolie. Georgia se débattait dans le fleuve impassible. Puis elle disparut sous l'eau noire. Le Boiteux se leva, courut et plongea. Il ne voyait rien. Il s'enfonçait en nageant dans l'eau obscure et glacée. Il s'engloutissait. Il sombrait. Il s'enfouissait. Syndrome de glissement : ses ongles longs griffaient les hanches de Valérie Ladès, tandis que son sexe bandé allait frapper à l'intérieur du ventre endormi d'icelle – depuis bien avant leur rencontre improbable, Valérie Ladès n'avait plus de menstrues. Pour ne pas défaillir, et basculer dans la tristesse de l'échec toujours recommencé, le Boiteux fixait ses regards sur le balancement muet des seins. Le contour des côtes apparaissait sous la peau qui palpitait au rythme du pouls dans le creux du sternum. La violence bouffonne des coups de reins absurdes du Boiteux affirmait que nous étions bien une espèce qui descendait d'une lignée de singes et qui se reproduisait inlassablement par le sexe sans savoir pourquoi. Valérie Ladès contractait les muscles de son vagin postlapsaire tout en se mordant les lèvres repliées sur les dents. De la main gauche, elle se giflait tantôt un sein, tantôt une joue, puis elle s'étranglait, et ce sans quitter des yeux le Boiteux. Elle le fixait. Sa croupe écachée, d'un aspect capitonné en relief et en creux, allait d'avant en arrière et imprimait ainsi, aux deux corps conjoints, ce balancement compulsif et ridicule qui effaçait de l'esprit du Boiteux le souvenir de Georgia s'enfonçant à jamais dans l'eau noire avec un rire obscène blasphématoire. Le souffle court, le Boiteux regardait son sexe remonter du flanc ténébreux de la vulve toute sèche. Les yeux d'azur noir froncés, Valérie Ladès exprimait de la froideur en fixant la verge à son point d'ébullition et qui exsudait sans compter du sperme en fine cotonnade sur son ventre plat. « C'est un péché de gaspiller sa semence ! Voilà toute l'énergie que tu ne mets pas dans la société ! J'en ai partout ! » disait-elle, en portant ses doigts, qu'elle avait oints de foutre, vers sa bouche bleue. En l'observant d'un air de surprise lécher toute cette semence improductive, où circulaient encore des énergies de vie et de mort qu'elle voulait consumer en elle, dans ses tripes, comme pour conjurer servilement ce péché de chair, ce gaspillage ostentatoire – elle aurait aimé du Boiteux qu'il eût été capable de se retenir à chaque coït –, en la regardant se lécher de la sorte les doigts – le sperme, débordant de la bouche par les commissures des lèvres, coulait le long des mâchoires dans le cou aux veines saillantes où palpitait le sang –, le Boiteux avait l'impression paradoxale de l'avoir à nouveau violée. Il avait toujours – avec elle – cette désagréable impression. Son petit visage méchant, alors qu'elle encaissait ses coups de queue, l'obsédait. En dehors de sa demande constante d'autorité, avait-elle vraiment des envies ? Des fantasmes ? Quel plaisir – masochiste ? sadique ? pervers ? – éprouvait-elle ? À dire vrai, non seulement il ne connaissait pas du tout Valérie Ladès, c'était certain, mais surtout, il savait qu'il ne savait rien, qu'il ne pouvait rien deviner de ce qui se passait dans la tête d'icelle lorsque son visage, modifié par la bouche fellatrice hybridant le biologique et le politique, devenait austère, elle à genoux, lui la regardant d'en haut, ou bien frontalement dans le lit à coucher ; lorsqu'elle s'offusquait de l'aspect clinique de leurs ébats, et s'interrogeait sur le fait que ce fût toujours la femme qui devait crier. « J'ai pas crié, hein ? » lui disait-elle avec alacrité à chaque fois qu'il l'avait prise. « Et si j'ai crié, ce n'est pas ce que tu crois ! » À l'évidence, dans un esprit d'adversité, Valérie Ladès s'était tout simplement mise en retrait du désir insatiable de son homme de névrose, son compagnon de lit et de vie, et cela lui convenait, comme cela avait convenu au Boiteux, à l'insu de son plein gré, pour contrecarrer sa peur du sexe et des femmes – expérimentées. Il savait que Valérie Ladès était polyandre. Une collectionneuse d'hommes. Elle pouvait les attirer au lit, puis ensuite leur opposer un rejet glacial. Lorsque le Boiteux lui demandait pourquoi elle l'avait pris, elle lui répondait : « Parce que ça m'amusait… Parce que ça me plaisait… » Le Boiteux l'avait rencontrée dans une boîte de nuit sordide, où elle ondoyait comme un serpent sur la piste, entourée de types comme lui. Elle avait la silhouette seyante dans son jean noir ultraserré de deux tailles en dessous. Telle une Star, elle se sentait exister puisqu'on la regardait. Ainsi enorgueillie, elle se trémoussait sur le rythme staccato d'une contredanse, esquivant à peine les mains baladeuses et jouant d'un langage racoleur d'une voix polissonne qui sonnait faux, comme si elle se récitait des répliques. Et après s'être laissée galochée et potelée, elle se retrouva avec la langue du Boiteux dans sa bouche. « Je crois que je me laisse aller » s'excusa-t-il. « Ce n'est pas grave… Toi, ici, pourquoi ?... Je suis fragmentée… morte plusieurs fois… » répondit-elle en l'entraînant par la cravate verte dans de pénombrales Toilettes pour Femmes. Elle sentait la sueur. Et son haleine exhalait celles des autres types. L'ivresse une fois dissipée, dans les effluences de pisse et de merde, elle l'avait frotté d'une main servile en exprimant une telle froideur, le fixant de ses yeux d'azur noir nus, qu'il n'en avait ressenti aucun plaisir. Le fantasme n'était pas au rendez-vous ? Elle à genoux, lui regardant d'en haut la vélocité de la bouche fellatrice, mouvements métronomiques de la tête qui faisaient ressembler Valérie Ladès à une petite machine à piston sur la chaîne de montage du taylorisme et du fordisme conçue pour une main d'œuvre sexuelle plus saine, plus qualifiée, plus disciplinée, plus domestiquée, et qui réglementait la conduite sexuelle des femmes par une nouvelle forme de division technique du travail purifié de tout élément érotique lié à la procréation et à la maternité. Dès lors, les femmes devaient fournir des services

sexuels réglementés par le biopouvoir, sans rien attendre en retour que de produire un terrain d'accumulation à des fins de production et d'histoire. Tout était calculable, même le sexe. Je t'exploite, tu m'exploites. Une communication sexuelle fermée, où la fellation industrielle qu'exécutait ardemment Valérie Ladès, comme pour piller le sol et dévorer la Terre, bifurqua vers son visage rougi, signant là une introjection du modèle capitaliste patriarcal. Ressentant en lui-même une vague presque tangible de haine, après avoir fermé longtemps les yeux, le Boiteux ne put éjaculer que parmi des phosphènes sur fond de sang. Paradoxe d'une éjaculation faciale réduite avec une vigueur spectaculaire à l'acquisition d'un pouvoir pour le mâle éjecteur. « À celui qui aura le dernier mot, enfoiré ! » avait déclaré Valérie Ladès, le visage oint de sperme pénitentiel.
— C'est une proposition ?
— Oui ! J'avoue que je ne rechignerais pas d'être un peu bousculée quelque temps et de rejeter sur autrui ma violence intérieure. Donnant donnant, hein ?

Son visage austère ruisselait d'un déploiement oppressant de foutre. L'effraction du regard du Boiteux redoublait la vérité sur ce que cette image de la tragédie des femmes dévoilait sur nous-mêmes – les hommes. Et la minuterie de plonger les Toilettes pour Femmes dans le noir le plus noir, où Valérie Ladès balançait son kleenex imbibé du sperme qui lui avait souillé le visage.

Le Boiteux sortit de la gravéolence sexuelle de la chambre conjugale, traversa le long corridor, puis entra dans le salon aux murs tapissés de velours noir, comme si Valérie Ladès, assise nue à sa table de travail, l'avait déraciné du lit à coucher où il venait de la sodomiser, et l'avait tiré en ce lieu à l'aide de sa cordelette Jocaste rouge qu'elle lui aurait préalablement nouée au cou, à son insu, alors qu'il la travaillait avec force coups de reins. La cordelette Jocaste s'évapora dans le labyrinthe obscur qui menait devant Valérie Ladès à la sombre chevelure lâchée sur ses épaules. Elle avait les cuisses marbrées toutes contractées. Le Boiteux désirait aller l'embrasser ; mais il savait qu'elle esquiverait sournoisement la tentative. L'esprit concentré, Valérie Ladès était penchée en avant afin de piquer un papillon crépusculaire mort sur un bouchon de liège. Il y avait quelques jours, elle était partie sur les rives du fleuve psychique nazi qui s'écoulait en cascade vers la Start-up-nation, et elle y avait capturé plusieurs spécimens, alors que la brise brûlante effleurait ses seins dénudés violemment par un type aux mains sales qu'elle avait souhaité emmener avec elle, lui crachant son fiel dans la bouche pour qu'il exerçât son rôle politique d'oppresseur sachant magnétiser sa victime en y transformant la *balle d'excréments* en verge anale. Une fois les papillons mis à mort, puis séchés, Valérie Ladès les mettait sous-verre. Derrière elle assise à sa table de travail, une centaine de papillons crépusculaires était ainsi suspendue et alignée de façon symétrique au mur de velours noir. Le sous-verre et l'encadrement argenté, qui bordait chacun des cadres, étaient voilés de poussière. Valérie Ladès posa devant elle le bouchon avec son papillon crépusculaire épinglé. Puis, du bout des doigts, elle sortit d'une boîte un autre papillon. Délicatement, elle déploya les ailes pâles mouchetées de noir. Le Boiteux s'approchait d'elle en claudiquant – il avait eu les chevilles percées dans son enfance d'avoir assisté impuissant et terrorisé à la catastrophe d'une mère battue par le père. Il regardait Valérie Ladès prendre une fine aiguille, puis l'enfoncer dans le corps séché de l'insecte. Dans l'esprit associatif du Boiteux, la forme des ailes se confondait avec celle d'une paire de fesses féminines. Le liège du bouchon crissait. En observant les longues mains agiles de Valérie Ladès, il lui ressouvint tout à coup que lors de la nuit tabifique de leur rencontre, dans cette même pièce, elle avait voulu exécuter un moulage de son corps en puissance de sa virilité en y étalant des tissus imbibés de plâtre visqueux et collant, tantôt sur une partie de son visage râpeux, tantôt sur le torse velu, tantôt tout autour de la verge, jusqu'à finalement le recouvrir entièrement. Puis elle l'avait chevauché, lui tournant le dos en cette posture christique de *reverse cowgirl*, s'empalant sur la colonne blanche toute rugueuse, pour la faire croître en elle. Enfermé dans son espèce de sarcophage de plâtre, le Boiteux avait entendu Valérie Ladès offrir avec une froide raison son anus en holocauste, afin d'éprouver à nouveau ce que c'était que d'être crucifiée, et ainsi concéder au Boiteux la faveur de toute l'emprise morale du vaincu (elle) sur le vainqueur (lui). Dans le noir de son sarcophage, il l'avait écoutée déclamer d'une voix étranglée : « Je m'encule à l'imminence de Sa venue. Je Le sens qui arrive. Je Le sens sortir de moi. Je Le sens frapper mon corps hostile et méprisant. Je Le sens me fixer. Je Le sens me clouer au pieu. » Et lorsque le Boiteux commença de se dépêtrer du sarcophage, il la vit toute stigmatisée. Désirant par l'embrasure du plâtre aller la toucher, elle lui avait dit : « Ne me touche pas ! »

Le Boiteux détourna ses yeux bleu acier du papillon crépusculaire piqué sur le bouchon vers le mur à sa droite, et sur lequel était encollée une grande affiche pornopublicitaire d'une paire de fesses Zéro Défaut.

L'AVOIR OU PAS.
AVEC CORPS ZÉRO DÉFAUT®
AYONS UNE VALEUR D'AVENIR.

C'était les fesses fétichisées de Valérie Ladès, se souvenait le Boiteux en claudiquant vers l'affiche géante. Peau lisse et ferme recouverte d'un fin duvet. Beauté inaccessible. Caractère froid, ferme et objectif de l'image. Pornographie avaricieuse qui avait créé – et crée toujours et encore – une dislocation de la figuration sexuelle humaine en vue de ralentir la reproduction du social par le sexe des femmes, et qui s'était substituée à la dépense désordonnée et impure de l'activité sexuelle traditionnelle afin de préserver les forces vives de la nation dézoologisante, de canaliser toute la violence intérieure du désir, ainsi déjoué et accumulé comme un capital, vers l'opération planétaire d'une refondation anthropologique administrée par Corps Zéro Défaut® – géant mondial qui avait pour fin, en aval de la Solution Finale, l'allégorisation de l'Utérus Artificiel. Cette affiche à la rhétorique jaculatoire, symbole de puissance étatique, qui avait fait le tour du monde des milliards de fois – car très vite les possibilités de croissance et d'accumulation manquaient – datait de l'époque de la compétition des sexes, où Valérie Ladès avait accepté, pour le compte de Corps Zéro Défaut®, d'être au service de la réglementation du fait sexuel en étant un modèle, une égérie et une *hardeuse*. Pourquoi avait-elle ressorti cette affiche qui avait imprimé dans les consciences la nécessité d'une politique brutale, radicale et historique qui ferait, telle une faucheuse, table rase d'une sexualité vaginale et de son gaspillage ostentatoire d'énergie ? « *Nous devons créer une nouvelle éthique sexuelle conforme aux nouvelles méthodes de production et de travail. Le nouveau type d'homme que réclame la rationalisation de la production et du travail ne peut se développer tant que l'instinct sexuel n'a pas été réglementé conformément à ce type, et n'a pas été lui aussi rationalisé.* » En repensant à part lui à ce discours – détourné des archives – appris par cœur et récité par Valérie Ladès debout toute nue sur l'échafaud de la *Sainte Guillotine*, en cours de construction sur la Place de La Révolution En Marche pour la prochaine *Guillotine Party*, le Boiteux allait s'asseoir face à Valérie Ladès qui bombait sa lourde poitrine en s'adossant sur son siège de cuir noir. En dessous de chaque sein se dessinait une longue et fine cicatrice incurvée, rançon d'une opération esthétique pour rester dans le rang, car toute femme rectifiée avait une valeur vénale condamnée à croître. Valérie Ladès jouait nerveusement avec la cordelette Jocaste rouge, celle-ci lui servant à attacher ses cheveux en les remontant au sommet du crâne. Elle sentait très fort la sueur. Et elle avait laissé sur son ventre plat et son cou des traces de sperme séché. À ses pieds aux ongles en deuil, parmi des moutons de poussière, il y avait une multitude de petits débris de liège, de pelures de gomme, de copeaux, bordés de rouge sang, fraîchement sortis d'un taille-crayon en forme de serpent-mâle ; et une bouteille d'eau vide gisait là, au sol, depuis plusieurs semaines. Obnubilé par la cordelette Jocaste qui ondulait entre les doigts agiles de Valérie Ladès – il se souvenait que la cordelette ceignait sa sombre chevelure lors de la dernière étreinte anale, offrant sa nuque duveteuse à son regard tranchant – le Boiteux surmonta sa crainte de passer pour un idiot et il se lança dans une série d'interrogations anxieuses. Il lui demanda pourquoi il devait toujours faire le premier pas pour la prendre ? Pourquoi se fermait-elle lorsqu'il la désirait sexuellement ? Pourquoi croyait-elle qu'il la méprisait parce qu'il ne souhaitait pas la sodomiser ? Parce qu'il voulait éjaculer dans son ventre ? Avait-elle d'autres envies ? D'autres désirs ? D'autres fantasmes ? En avait-elle d'ailleurs ? Le désirait-elle vraiment ? Pourquoi avait-il le sentiment de se sentir obligé d'installer un rapport de force pour qu'elle s'ouvre et qu'il puisse la prendre ? Valérie Ladès posa doucement sur la table la cordelette Jocaste, et tout en ramassant une aiguille elle lui répondit, d'un langage vif et direct, qu'il vivait encore dans le vieux monde. En enfonçant l'aiguille dans l'abdomen d'un papillon crépusculaire, elle lui expliqua objectivement qu'il devait se poser toutes ces questions puériles à lui-même et qu'elle avait une vision plus lucide que lui sur leur misère sexuelle actuelle. Le regard noir en dessous, elle pointait une aiguille vers lui.

— Pauvre homme ! Tu vois, j'aimerais que ta bite soit comme cette aiguille est le prolongement de mon esprit. Mon corps n'est plus une arme de séduction massive pour l'espèce, ou pour ton bon plaisir, mais une arme de négation des lois naturelles, pour accroître, par le combat et le travail, les forces vives et productives de mon corps Zéro Défaut ; pour astreindre mon sexe au monde anal de la pure utilité. Rappelle-toi qu'à partir de maintenant la puissance sexuelle appartient au fric, car le fric engendre le fric. Le sexe c'est du fric, de l'argent magique. Et lorsque je te demande de me prendre comme une sale chienne par le cul, dans la posture de la prédation à mort, c'est pour y neutraliser mon orgasme, le réduire au simple plaisir anal de chier, transformer la boule de merde en verge phallique, supprimer ma chatte inutile et impure afin de faire fonctionner *à donf* la fonction anale, être en activité permanente avec les couilles au cul d'un prédateur mâle, bien enragé au travail, impitoyable calculateur de profit et dont le point de mire est le passage à une nouvelle forme d'économie du corps, de tout ramener à un sexe qui fait *lui* la différence : le phallus ; une mise au pas méritocratique, où il y a ceux qui réussissent et ceux qui ne sont rien, comme toi ! incapable d'avoir toujours une réserve d'énergie toute prête à l'occasion, d'en garder la maîtrise pour faire payer le sexe et le temps, te retenir un max pour, le moment venu, éjaculer cette immense libération d'énergie dans mon cul qui, lui, terrain d'accumulation et de lutte, tâche de répondre à cette exigence de la production de valeur, car il n'y a pas d'autre alternative ! Nous battre, nous battre, nous battre, je suis déterminée !

— Tu es surtout culottée…

Elle se leva, alla vers une étagère tout encombrée et poussiéreuse pour tenter d'en sortir un film de *pédagogie sexologique* qu'elle tenait à lui montrer. Debout derrière elle accroupie, le Boiteux regardait d'un œil sagace l'opulente croupe, la cellulite imprimant dans la chair unie des inégalités onduleuses – il revoyait la violence de ses coups de reins rendre les fesses capitonnées ondées à la manière d'une mer houleuse allant se déchirer compulsivement contre son bas ventre velu. Accroupie au pied de l'étagère, les mouvements brusques des grands bras de Valérie Ladès faisaient s'élever un train d'ondes dans la chair ferme et élastique de ses grosses fesses. « C'est charnu tout *ça* ! » pensait à part lui le Boiteux. Il se demandait pourquoi une femme et le corps de cette femme étaient radicalement différents, c'est-à-dire séparés, disjoints, fragmentés. Une discontinuité radicale qui raturait l'essence de cette femme. Un hiatus où se révélait la posture christique. Un corps mis au supplice du morcellement et qui n'avait plus rien à voir avec le *tout*, mais avec une représentation hétéro-normée centrée sur la pénétration – l'effraction –, les fesses fermes et rondes d'insolence réduites à une fonction sexuelle d'appât orientée pour le seul plaisir du regard hétéro-masculin, l'œil du Boiteux perpétuant une culture du viol (et de trop regarder les femmes, il en avait fait un temps jadis une uvéite, ne les voyant plus durant plusieurs semaines qu'au travers d'un voile vaporeux moucheté de noir). N'était-ce pas en raison de leur insolence diabolique que les fesses féminines étaient soumises à coups de fouets, de gifles, de tapes et de claques à la violence et à la punition ? Les fesses des *femmes-objets-de-réduction* que le Boiteux regardait dans la rue, semblaient toutes avoir intériorisé la violence et la domination masculines. Pas de doute possible. C'était une question sociale de survie. Mais, a contrario, en marchant l'œil lucide parmi ces milliers de femmes tragiques réellement ondulantes, qui s'évanouissaient mélancoliquement dans le non-être de son champ visuel, le

Boiteux percevait dans l'agitation sans fard de leurs corps, et du sien, tout à la fois l'ordure, la bassesse, la bestialité, le bas, le beau dans le sale, le sale dans le beau ordurier de toutes ces femmes dont les hanches étaient en mouvement sur l'écho du coït originaire, houle immémoriale qui renvoyait à cette compulsion de répétition sexuelle se déployant sans fin à la surface du globe, lequel ne cessait de tourner sur lui-même tout en tournant autour d'un soleil féroce, lequel ne cessait de tourner sur lui-même tout en tournant autour de la galaxie lactée, laquelle ne cessait de tourner sur elle-même tout en se déplaçant au sein d'un univers bellement sphérique, infini, mais qui aurait pu ne pas être, comme la vastitude de cette paire de fesses charnues couleur jean délavé que le Boiteux avait en souvenir derrière les yeux de l'esprit, douleur métaphysique face à l'essence ontique de cette grâce animale, les fesses métronomiques oscillant d'un côté à l'autre sous les larges enjambées cadencées ; et à chaque oscillation d'une fesse, la Terre avait parcouru dans l'espace quelque trente kilomètres. Tout cela aurait pu ne jamais être, et c'était l'impossibilité ontologique du non-être qui accentuait l'impossible présence des choses. Les ténèbres firent place à l'immanence des femmes – et peut-être les femmes existaient-elles seulement lorsqu'on osait les regarder pour ce qu'elles sont – infinies. Tout soudain, le regard attaché aux fesses de Valérie Ladès, le Boiteux se rendit compte qu'il tenait dans une main la statuette qu'elle avait réalisée d'elle-même, et qu'elle lui avait offerte au tout début de leur liaison sexuelle. Le Boiteux pensait avoir saisi à son insu cette statuette en sortant de la chambre conjugale – où il était la chose virile de Valérie Ladès qui le contraignait, conformément aux lois néolibérales d'économie sexuelle ordonnée, à contrôler le mouvement de ses ressources et à restreindre leur dilapidation dans la limite de la pression explosive qu'il ne devait surtout pas franchir, sous peine d'humiliation : « Pauvre homme dispendieux, tu n'y arriveras donc jamais. Tu n'es qu'un malade, un détraqué sexuel, un obsédé, un pornographe névrosé qui pense comme une femme qui mouille ! » disait-elle, en lui tapotant machinalement l'épaule. Le Boiteux fut surpris de constater que la statuette, sous la pression angoissée de sa main gauche, s'était brisée en deux, de la tête aux pieds. L'intérieur de chaque morceau était le moule en creux d'un sarcophage vide. Les mains toutes tremblantes, le Boiteux essayait de les rassembler. Mais impossible de les réunir ensemble. Comme s'ils étaient devenus incompatibles. Différents. Et même s'il y était parvenu, il en serait toujours resté une fêlure. Valérie Ladès se retourna vers le Boiteux, qui cachait derrière son dos la statuette brisée. Elle lui disait qu'elle avait enfin retrouvé ce film de *pédagogie sexologique* qu'il fallait absolument qu'il voie, pour mieux la voir *elle*. Elle lui montra, avec fierté, la jaquette illustrée : titre en lettres blanches, police administrative, sur fond noir – NO ALTERNATIVE – au-dessus d'un dessin d'une paire de jambes féminines blanches et écartées sur l'absence qui n'avait plus rien pour objet que l'anus : trou noir ouvert comme un obturateur qui obture et qui escamote. Tout en manipulant le lecteur laser vidéographique, Valérie Ladès expliquait au Boiteux que Corps Zéro Défaut® l'avait filmée en train d'être prise par un homme, un vrai, puisqu'il s'était astreint à ne pas éjaculer pendant au moins une année, et ce pour accroître ses forces vives et productives. Selon le protocole qu'elle avait signé, elle avait obligation de prendre des positions sexuelles – *reverse cowgirl*, *doggystyle* – en rapport à l'esprit *table rase* de Corps Zéro Défaut®, et n'être plus que dépense *contre la femelle* sans aucun gâchis. Le Boiteux était saisi par la sidération. Un trou dans la poitrine l'empêchait de respirer. Sur l'écran de contrôle noir et globuleux, encastré dans la croupe charnue d'une femme sculptée nue à quatre pattes, les fesses saillantes, la ligne dorsale à l'horizontal, on voyait Valérie

Ladès de dos s'avancer toute nue dans un monde fractal, les fesses opulentes en abîme avec celles de la sculpture ; puis se mettre dans le lit de Procuste auprès d'un homme aux cuisses musclées et velues, la verge raide, épaisse, avec des veines noires saillantes qui lui donnaient un aspect monstrueux... Et Valérie Ladès empauma le membre en surcroît d'énergie. Elle cracha dessus, à plusieurs reprises, par paquets de salive, le branlant avec une rapidité fougueuse, agilité agressive, cadence acérée, violence prédatrice. Ensuite elle l'absorba jusqu'à la garde. Elle paraissait sentir l'afflux du sang monter des *siècles obscurs* et faire durcir le membre comme un fléau d'armes. Les joues creusées par le mouvement sans mesure du va-et-vient incessant lui taillaient un terrible visage triangulaire ; les yeux d'azur noir froncés, elle regardait par en dessous l'objectif grand-angulaire, œil de verre noir qu'elle avait intériorisé à l'égal de l'œil du maître qui la jugeait et lui imposait des règles de conduites strictes à chaque fois qu'elle se présentait anxieusement face au miroir pour y contrôler son corps et sa beauté. Sur l'écran de contrôle noir et globuleux, le Boiteux la voyait telle une petite figurine cuirassée contre l'instinct, avec un comportement sexuel sadique et pervers, artificiel et systémique, une mécanique de maîtrise de soi en rapport à l'exigence intériorisée d'une pression morale nécessaire pour réprimer ses besoins naturels et instinctuels. Dans sa camisole morale d'exhibitionniste et de *hardeuse* acquisitive, Valérie Ladès exigeait avec force une intensification de la pression morale, une régulation de son corps qui fût en accord avec cette moralité, pour que l'énergie ainsi réprimée poussât vers la décharge d'une sexualité anale valorisée pour plaire à la société hétéro-patriarcale. Elle ne *baisait* pas : elle usait d'un instinct acquisitif au sein d'une représentation sadique de l'acte sexuel. Une posture qu'elle prenait dans la préoccupation obsédante des souffrances du Calvaire, lesquelles devaient hanter peu à peu son esprit, mais aussi les traits de son visage et les mouvements de son corps. Sa sombre chevelure la voilait. Les boucles, ondulant sur les cuisses velues, luisaient comme des serpents-mâles. À sa main gauche, repliée sur la verge gluante, miroitait une minuscule guillotine montée sur le chaton d'une bague en or. La lame du couperet scintillait d'un éclat atomique. Un anus s'ouvrait dans la lunette de la guillotine, où l'on voyait ce que le Boiteux regardait sur l'écran de contrôle encastré dans les fesses saillantes de la sculpture à quatre pattes. Puis, d'un geste brutal, Valérie Ladès redressa la tête, laissant s'étendre entre sa bouche souillonnée et le sexe visqueux de longues traînées de bave luminescente. Elle les fit gicler alentour en balançant sa sombre chevelure en arrière. La bave avait zébré à touche-touche son visage et ses seins. Chaque séquence stratégique du film était sous-titrée en langue d'école de guerre d'économie sexuelle : Reproduire la valeur travail – Cash-flow – Le Grand Remplacement – Position politique subalterne – Vouloir la rentabilité – S'adapter – Non-stop – Blowjob – Priorité au direct – La Grande Disparition… Les différentes positions, qu'allait prendre Valérie Ladès, devaient nécessairement évoquer l'esprit de la crucifixion, figure fétiche et matrice de déchaînements de violence extrême afin de développer la puissance de l'humanité quel qu'en fût le prix – l'humanité était très dure au travail, et elle aimait le travail jusqu'à ajourner l'existence à plus tard. Dès lors, à califourchon sur l'homme, les mains posées à plat sur le torse velu, l'écume aux lèvres, Valérie Ladès s'empalait *le petit* – à rebours de la défécation – sur l'objet viril. Celui-ci, tel un couteau bien membré, perça le luisant de l'anus et s'enfonça jusqu'à la garde sans laisser aucune trace. Valérie Ladès allait chercher l'énergie la plus disruptive, donnant de très violents coups de reins. Ses fesses avaricieuses, gonflées d'une grande puissance musculaire, valsaient comme de la gélatine culinaire. Se laissant transpercer en boucle itérative par le pal visqueux,

Valérie Ladès provoquait des accélérations foudroyantes pour prendre de vitesse son prédateur ; mais aussi le *regardant*, lequel, désemparé par la vitesse hallucinante des hanches, n'arrivait plus à suivre, ni même à penser, ni à saisir ce qui se déroulait sous ses yeux fascinés : il était mis hors circuit, clivé, à l'insu de son plein gré, vers une pratique sexuelle dont il penserait que ce serait la sienne, puisque ce serait lui qui se retrouverait là, dans le lit conjugal, en train de déclencher l'acte anéantissable de tout ce qui n'était pas frénésie de haine accumulée contre les femmes et leur sexe. L'anus vorace aspirait puis recrachait tout son saoul la verge embrenée. Ou alors c'était la verge, acharnée, têtue et brutale, qui cherchait à s'engouffrer loin dans la merde, pour y ouvrir un espace plus étendu qui lui permettrait d'y exsuder le surcroît d'avarice accumulé dans les bourses gonflées d'abondance – et contre lesquelles venait déferler l'agressivité disruptive des fesses, force de rupture affectée au service d'une profonde mutation anthropologique en détruisant – par l'image juste et inclusive du mouvement itératif de la croupe médusante – toutes les limites symboliques, cognitives et matérielles à son expansion. Altière, enlisée dans l'action d'acquisition, l'esprit tâchant de répondre à l'exigence des forces productives de Corps Zéro Défaut®, Valérie Ladès ne s'empalait plus que dans l'objet d'accumuler de la valeur faciale, s'accroître en se tuant au travail. Pourfendue, elle allait et venait avec vélocité tout au long de la verge dressée comme une barre de pôle dance, tout autour de laquelle elle savait s'entortiller et s'entrelacer à l'image d'un serpent à croissance très rapide, jusqu'à, rien que par la force des bras, hisser son corps musclé de danseuse nue perpendiculairement à la barre d'acier rutilante, et sur laquelle se reflétait son œil anal plein de consumation. Sur l'écran de contrôle noir et globuleux, on voyait que Valérie Ladès ne pouvait plus arrêter le mouvement psychique nazi qui s'écoulait jusqu'au creux de ses reins afin de battre la mesure *prestissimo* d'une sodomie toujours recommencée – pour faire du monde un seul et immense marché de consommation Zéro Défaut. Plus que s'empaler jusqu'à la garde, Valérie Ladès cherchait le rapport de force. Elle cherchait un *Saigneur* dont la violence physique la cadrerait avec son picador, telle une bête de boucherie épuisée. Qu'il fichât sa pique en elle ! En posture de femme châtrée, l'impétrante Valérie Ladès se laissait infiltrer idéologiquement. Elle organisait et valorisait une sexualité différenciée du sexe, séparée de la procréation, propice à la distanciation sociale et ayant une fonction compensatoire des frustrations de la vie quotidienne de chacun. Son corps bouc émissaire était endigué et canalisé, selon les principes opératoires de la prédation à mort et de la manducation sanglante, vers la sodomie brutale et douloureuse, laquelle refoulait d'autant plus la pensée de la mort, en procurant des satisfactions chimiques dans le cerveau de tous les *regardants*, qu'elle confondait la scatologie avec l'eschatologie afin de restaurer la force de travail et de consommation des bons citoyens croyant au Royaume de Corps Zéro Défaut®. De la pointe de l'ongle verni noir de son majeur droit, Valérie Ladès piquetait la poitrine velue de son prédateur. Ce geste ordonné était rythmé sur les convulsions pétulantes de ses reins élastiques. Le Boiteux pensait ce geste répété du doigt comme connecté à une cérémonie secrète, un rituel où Valérie Ladès acceptait de n'être qu'une chose immarcescible clouée sur la croix qui saigne.

Le Boiteux détournait son regard de l'écran de contrôle, où Valérie Ladès était tout à la fois le produit et la production d'une mise au pas phallique et sadique plus proche d'une opération militaire que d'une scène pornographique. Derrière lui, Valérie Ladès, tout en chair Corps Zéro Défaut®, faisait tourner autour de ses doigts agiles la cordelette Jocaste rouge. Elle disait au Boiteux, encore fasciné – mais non aveuglé –, qu'elle aimerait aller danser la Durita à l'Extalis, près de Times

Square. Sur l'écran de contrôle encastré dans la protubérance anale de la sculpture à quatre pattes, Valérie Ladès, la tête ceinte d'une couronne d'épines, branlait, avec une ardeur forcenée, la verge condamnée à croître. De l'autre main, elle malaxait les testicules fripés, vidés de tout leur foutre qu'elle avait acquis, accumulé en elle, dans son intérêt propre. Et tout soudain une lourde guirlande de sang gicla de la verge et se répandit à touche-touche sur le visage vultueux de Valérie Ladès. En louchant vers le gland écarlate, elle ouvrit grand la bouche pour l'engloutir. Puis elle releva ses yeux d'azur noir vers le *regardant* enfermé avec elle dans sa cage morale… Fatigué de la crudité de ces images, de la cruelle énergie de cet homme qui défonçait le corps athlétique de Valérie Ladès sous ses yeux – tâche qui lui incomberait bientôt, il n'en doutait plus – la tête coupable baissée vers le sol poussiéreux, le Boiteux répondait à Valérie Ladès qu'il ne souhaitait pas aller danser à l'Extalis. Elle referma brutalement le tiroir de la commode, dans lequel elle avait rangé la cordelette Jocaste rouge. Puis, la poitrine arrogante en avant, elle s'avança vers le Boiteux, qui tentait de dissimuler un sentiment d'infériorité. Elle avait un regard qui faisait peur – le Boiteux réalisait pour la première fois qu'elle avait toujours ce regard-là. Tout le corps nu de Valérie Ladès ondoyait. Sur l'écran de contrôle, sa langue épaisse léchait les testicules atrophiés et maculés de sang. Des corps nus en sueur s'élevait une vapeur blanchâtre.
— Pauvre homme ! T'as vu cette bite comme c'est beau : un vrai fléau d'armes, le prolongement et l'instrument de Corps Zéro Défaut… T'as vu que tu ne lui arrives pas encore à la cheville à ce mec… Je l'ai fait cracher au juste prix ! Et Corps Zéro Défaut a adoré ça. Il peine encore à calculer les milliards de profits… Bientôt, ils vont me filmer en train d'être violée. Tu pourrais venir voir. Je te ferais observer la mécanique de tous les rouages intérieurs de la queue de ce mec : machinerie radicale animée d'un mouvement de croissance inévitable. Et

si tu en as le courage, tu pourrais même filmer. Mais attention : c'est du dur qui ne vaut aucun concept. Une logique de guerre, point barre ! Il suffit juste de se laisser hanter, posséder par la violence génocidaire fondatrice de notre nation. Tu la sens pas grouiller sous tes pieds d'argile cette violence, prête à jaillir de l'anus saigneux du monde, à faire Boum ! Boum ! Boum !? Tu sais, pauvre homme, je vois bien que tu l'aimes mon gros cul lardeux ; et je crois que je commence à intégrer ton regard d'esthète lorsque je me mate dans le miroir. Hum ! ça va commencer à faire du monde dans ma tête. Et dans mon corps.

En l'écoutant, le Boiteux se sentait se retourner comme un gant à l'intérieur de lui-même, comme une bouche en cul-de-poule s'enroulant sur elle-même jusqu'à l'anus, que Valérie Ladès léchait, en y enfonçant sa langue, effaçant à coups de langue la différence des sexes, restreignant à coups de langue les contacts sociaux et sexuels, alors que le Boiteux se perdait malgré lui dans les images d'hier, où Valérie Ladès était le miroir embué de celui qui la pénétrait sexuellement : un violeur. Telle une larve dans sa bave, le Boiteux rampait de nouveau vers le sillon humide de sa souffrance. À coups de langue dans l'anus grumeleux, Valérie Ladès le guidait. Il l'entendait, en son for intérieur, lui expliquer d'une voix dure que son merdier à elle valait bien le sien. Et que maintenant elle voulait se réapproprier son corps, car elle se sentait de toutes parts prête à faire éclater la guerre, à s'offrir un saut dans la haine de la nature. La langue de Valérie Ladès se retira de l'anus du Boiteux, oblitérant le son et l'image.

— Maintenant, dodo, l'enfant do, pauvre homme dormira tantôt… Fais de beaux rêves, où tu me verras femme mûre toute nue, en train de te raconter que je suis née d'un con, comme toi du con de ta mère. Que je suis une femme belle, parfaite, mais hantée par la figure de la mère. Oui, pauvre homme, je serai ta mère, le ventre océanique de ton origine. En voulant me *baiser*, tu voudras remonter à ta source. En voulant éjaculer dans mon ventre, tu voudras repousser la mort qui hante tes coups de reins. N'oublie pas, pauvre homme, que dans ce rêve, ce sera toi le rêveur, et que tu seras tous les personnages en même temps. Quoi qu'il arrive, ce sera toujours toi. Dors bien, mais pas trop longtemps, car moi (elle regarda la pendule) – c'est bon, on est dans les clous –, je veux aller danser… murmurait Valérie Ladès dans la nuit de l'âme du Boiteux.

Devant l'entrée à la symbolique fasciste de l'Extalis, des jeunes gens vêtus de latex et de vinyle noirs se déhanchaient de façon frénétique sur un tempo uniforme assourdissant – Boum ! Boum ! Boum ! –, tel un cœur battant dans une cuirasse d'acier. Alentour, des petits groupes d'individus, voûtés et filiformes, se refilaient des sachets de *Trachyte* à base de mort-aux-rats et de polymères de phénol. Des regards vitreux, brillants et dilatés s'épiaient, se sondaient, se cherchaient. Valérie Ladès était allée rejoindre directement un groupe – sûrement des *acquisitifs* comme elle –, tandis que le Boiteux cherchait du regard si Georgia n'était pas là en train de détroncher un flic dépositaire de la loi ordre et autorité de la sécurité globale, avant de risquer récupérer de la camelote, auquel cas le Boiteux serait parti avec elle dans les buissons touffus, pour fumer un bon *kif*, et aussi lui rouler des pelles en lui pelotant les seins à la pointe dure comme de la pierre, seuls trucs dégueulasses qu'elle acceptait de faire avec lui en ce moment, maintenant qu'elle était de nouveau *cavée* à un mec qui n'avait pas peur de la *baiser* par le vagin (mais elle avait toujours un faible pour le Boiteux, et le gros cerveau reptilien de ce dernier l'avait encodé). Ne la voyant pas, le Boiteux s'avançait vers le groupe qu'avait rejoint Valérie Ladès. Les femmes portaient toutes la même robe de vinyle noir et les hommes le même costume de latex noir – tenues républicaines, c'est-à-dire normales, qui permettaient une plus grande égalité entre tous sans se différencier par les vêtements. Le Boiteux percevait une voix masculine signifier à Valérie Ladès qu'elle pouvait s'agenouiller pour sucer jusqu'à la garde et à pleine balle le sexe de cet homme. Le Boiteux se rapprocha du groupe pour tenter de mieux voir. Il y avait beaucoup de personnes au visage blanc, lugubre et sévère. Pas la joie de vivre. Le Boiteux ne voyait rien d'autre que ces visages trompe-la-mort tout autour de lui, et il comprit très vite que c'était lui qui était au centre du groupe, et que c'était lui l'homme que Valérie Ladès devait sucer, puisqu'elle était à genoux à ses pieds, le visage blanc tendu vers l'érection involontaire de son sexe, la bouche fardée d'un rouge façon métal grande ouverte – il ne pouvait cependant pas deviner que Valérie Ladès, en pleine consumation intérieure d'excédent libidinal, les yeux azur noir charbonneux relevés vers lui, se fantasmait à genoux au pied de la Croix où ruisselait le sang. Surpris de voir ainsi son sexe mis à nu, le Boiteux, d'un geste rapide, le couvrit d'un voile vaporeux que venait de lui tendre la main d'une jeune fille dans l'ombre. Mais la main de Valérie Ladès retira aussitôt l'étoffe, et le Boiteux vit arriver vers son sexe un plateau en bois usé, avec en son centre un trou noir. De chaque côté du trou étaient gravées les ailes d'un papillon bleu, sur lesquelles serpentait un réseau complexe de chemins entrelacés, coloriés à la main de noir, de blanc, de rouge et de vert. Autour du papillon étaient dessinés, avec des ronds et des bâtonnets, des petits bonhommes au sexe tendu. De jolies lettres, d'un alphabet inconnu, formaient des inscriptions mystérieuses. Sous l'influence de Valérie Ladès, le sexe du Boiteux entrait péniblement dans la partie évidée du papillon : le trou. Le Boiteux ressentait une vive douleur qui irradiait vers la vessie et le côté de l'appendicite. Sur sa droite, se dressait un tableau rectangulaire en bois d'un vert pâle écaillé, percé d'une rangée de trous ovales où des têtes de jeunes filles lui hurlaient de se retirer. Le Boiteux les reconnut. C'étaient d'anciennes amoureuses. Dans un mouvement véloce qu'il n'eut pas le temps d'appréhender, le Boiteux avait retiré son sexe, et il voyait une petite trappe occulter aussitôt le trou noir, redonnant une surface unie au corps du papillon bleu gravé dans le bois. Valérie Ladès et ses acolytes, qui ondulaient dans leurs habits de vinyle et de latex noirs, semblaient très mécontents, surtout envers ces jeunes filles du tableau qui avaient réussi à faire échouer ce qui s'était tramé secrètement : approfondir le sens d'une sexualité que subordonne l'utilité. Les jeunes filles disparurent en riant, et, à la place des belles figures, apparurent respectivement les initiales de leurs prénoms :

D E L I V R A N C E

La came avalée, sniffée et injectée se disséminait dans le petit cerveau en surchauffe du Boiteux. Visions attirantes, excitantes et angoissantes. D'entre les antennes plumeuses et soyeuses d'un immense papillon crépusculaire, aux ailes pâles évoquant une subliminale paire de fesses féminines, se révélait, petit à petit, parmi des mouchetures noires, une jeune femme vaporeuse à la chevelure filasse, cette jeune femme *contre-nature*, *hors-la-loi* parce qu'elle allait à l'encontre des règles de la communauté Corps Zéro Défaut® pour cause de sollicitation sexuelle envers des adultes, et qui plus est écrivait, sous le nom d'emprunt de Daria Sordidi, une enquête ontologique sur la trivialité et l'obscène à partir de ses expériences sexuelles. Le Boiteux tentait de fixer ses yeux dilatés sur ce grand corps flou de latex blanc, hachuré par des contorsions et des convulsions, et qui paraissait s'être dédoublé du corps de Valérie Ladès pour danser avec elle sur la piste luminescente de l'Extalis, l'antre du Bien et de la pure utilité : s'accroître. Elles se regardaient toutes les deux avec des yeux pleins de désir sans équivoque. La longue robe de vinyle noir que portait Valérie Ladès accrochait la lumière et lui galbait, par effet d'optique, ses seins lourds, son ventre musclé et sa croupe sphérique – sur laquelle se reflétait tout un territoire en combustion. Elle vacillait sur ses escarpins noirs à très hauts talons aiguilles – comment pouvait-elle danser ainsi entravée ? Sa bouche fardée de rouge métal déchirait son visage ovale blanc de neige. Sa sombre chevelure, libre sur ses épaules, serpentait en chatoyant dans la lumière. Son grand corps athlétique, tout en sueur sous le vinyle, exhalait un mélange d'odeurs chimiques et corporelles à mesure que les plastifiants du vinyle se décomposaient sous l'action de la lumière et que les produits cosmétiques s'évaporaient, diminuant alors en efficacité – elle avait vaporisé à même la peau de tout son corps la Solution-Radicale-Détox-Beauté, dans le but de combattre le vieillissement de l'épiderme en neutralisant toutes les cellules mortes et en effaçant toutes les imperfections. La jeune femme à la chevelure filasse se déhanchait impudemment dans sa robe en latex moulant blanc ultra-courte, serrée et sans fermeture à glissière, à col montant et manches longues (elle avait utilisé un lubrifiant à base de silicone conçu spécialement pour enfiler les robes en latex les plus étroites). La chevelure filasse encadrait un visage *vulgus* sans fard, taillé à la serpe, avec des joues creuses et des pommettes saillantes toutes grêlées de petites cicatrices d'acné, un long nez busqué à la courbure fine, des paupières d'azur vert frangées de cils plumeux et des yeux globuleux cernés de fatigue violâtre. Un ruban rouge tranchait sur son cou. La croupe turgide frémissait sous le latex de la robe dont la bordure, tendue sur le haut des cuisses bien galbées, s'enfonçait dans la peau satinée en y créant une petite boursoufflure. Peu à peu, sur la piste de danse tout étincelante, la jeune femme à la chevelure filasse devenait une tache de lumière blanche. Et le Boiteux se mit à ramper vers cette unique étoile de latex qui brillait dans la nuit noire. Il rampait vers ce ruban rouge qui tranchait sur le cou comme le trait sanglant d'un couperet. Il rampait vers ce petit papillon vert achronique, tatouage éphémère au creux de la cheville. Il rampait vers cette croupe tout en latex blanc, où la paume d'une main velue venait d'y appliquer une claque, jeu absurde de la comédie humaine avec ses gestes codifiés pour arriver à des fins copulatoires expéditives, où le désir de sexer se confondait avec le désir de tuer et de chasser. Le Boiteux se devait de remonter à la surface de la brutalité de toutes ces images, vers ces deux corps féminins sanctifiés par la violence de la danse, la culture de l'entrave et de la vulnérabilité sexuelle. Il devait ramper dans la beauté de la mort et des ruines, jusqu'à la source de cette musique de l'ordre militaire qui résonnait, non plus dans sa petite tête désordonnée, mais dans l'appartement conjugal ombreux, où la jeune femme à la chevelure filasse avait maintenant posé ses valises et son identité nationale – Daria Laladès – depuis plusieurs semaines. Elle et Valérie Ladès ne se quittaient plus. Mon cul ma chemise. Et le trio infernal s'était peu à peu structuré à partir d'un bel acte manqué : Revenant de son travail, le Boiteux était entré dans la cuisine, où Daria Laladès écoutait Valérie Ladès médire sur Georgia. « Elle couche comme elle pisse ! » Le Boiteux s'était approché en claudiquant de cette créature bicéphale (Daria Laladès était le sosie érotique de Valérie Ladès). Et il avait embrassé sur la bouche Daria Laladès à la chevelure filasse, puis sur les joues Valérie Ladès à la sombre chevelure. Réalisant ce qu'il venait de faire, le rouge lui était monté aux joues râpeuses. Daria Laladès avait ri aux éclats – dissimulant mal son embarras. La regardant en coin, Valérie Ladès avait cru devoir la suivre, esquivant un sourire forcé ; mais lui appliquant néanmoins une forte claque sur une fesse en ponctuant ce geste impulsif d'un sentencieux « salope ! » Valérie Ladès avait enfin trouvé une tête de Turc, qu'elle intercalerait entre elle et le Boiteux, car elle avait un besoin infrangible de croître, de se sentir *être* dans le regard soumis de l'autre et de porter sa toute-puissance aux limites du possible en utilisant le sexe comme une arme de guerre inexpiable. D'un magnétisme autoritaire, elle était un viol permanent de l'intimité d'autrui, à l'image de Corps Zéro Défaut® qui avait érigé le viol de la vie privée et des libertés individuelles en modèle pour parvenir au bien commun. Après le repas frugal du soir, quelquefois, ils s'enfonçaient tous les trois des boulettes d'opium dans le rectum. Pas seulement pour chier sans odeur, mais pour la transe d'un voyage recta au cœur de la matrice néolibérale, où ils pouvaient pratiquer la guerre des sexes comme aucun humain, aussi proche du tueur fût-il, ne saurait la pratiquer. Regarder leurs corps en sueur tordus par le travail de sape de l'apologie permanente de la performance individuelle et de la soumission aux impératifs de rentabilité, voir la grande bouche de Valérie Ladès proférer soudainement la haine du contact physique, mater ces deux femmes se préparer à la concurrence et agir comme des entreprises de démolition, surplomber le Boiteux malévole tenter de rejouer entre les jambes de Valérie Ladès le viol originaire, avoir la vue sur ce trio infernal agir dans l'*ordre des choses*, c'était regarder la structure tragique de la condition humaine, et l'impossibilité d'en sortir. Tous les trois, à leur façon, et à leur insu, tenteraient cependant d'y échapper, au risque pour l'homme de devenir citoyen de seconde zone et de ressentir des papillons dans le ventre pour les femmes.

Allongée nue à plat ventre auprès du Boiteux, Valérie Ladès dormait en respirant très lentement. Elle avait le sillon fessier légèrement conchié, car le Boiteux avait achevé de la sodomiser en se laissant méchamment envahir par l'excès d'énergie qu'il avait accumulée en la regardant dans le film de *pédagogie sexologique* NO ALTERNATIVE 2. On ne pouvait pas, comme dans un film pornographique, s'identifier à elle. On ne pouvait et ne devait ressentir d'autre fin que d'être efficace à l'égal de cet autoritarisme en marche sur l'écran de contrôle noir et globuleux, où l'image explicite de la sodomie se réfléchissait en chacun, s'imprimait dans la volonté de chacun, modèle Zéro Défaut assurant des intérêts à imiter, poussant le Boiteux à tailler à coups de reins la croix et à forger à coups de reins les clous, à tresser à coups de reins le fouet et la couronne d'épines, à aiguiser à coups de reins la lance et à creuser à coup de reins le sépulcre, à faire souffrir à coups de reins Valérie Ladès, tout cela pour qu'elle importât quelque chose de toxique et qu'elle exterminât l'enfant en cet homme qui s'était glissé, comme un couteau bien membré, entre ses fesses gonflées d'abondance vers la fêlure anale. Puis, à la toute fin de leur coucherie, elle lui avait craché dans la bouche. Ce goût et cette odeur de réel – la merde – transcendés à la verticale par l'illusion – l'opium – l'empêchaient de dormir. Coucher avec Valérie Ladès avait été pour lui comme un *coup sec avorté*, où elle avait pris de la hauteur de vue en lui susurrant : « J'aime sucer la bite quand elle sort de mon cul. » Et elle l'avait sucée, cette bite, en se tenant à la limite du point de chute. L'œil sournois reptilien. Les mains indélicates. La langue simulatrice. La bouche fellatrice s'opiniâtrant à modeler une espèce de coprolithe magique. Le Boiteux se sentait *coupable*. Question d'un manque de pédagogie ou d'algorithmes de calculs de ses données personnelles non mis à jour – peut-être ? À travers les Boum ! Boum ! Boum ! de son cœur angoissé, il entendait Daria Laladès se déplacer dans le corridor. À sa démarche lourde et heurtée, il devinait qu'elle aussi avait la tête dans le cul opiacé. Il l'écoutait sortir doucement de son coma dans les water-closets au carrelage crasseux. Il chauvissait des oreilles pour discerner son petit slip en microfibre glisser tout au long de ses jambes soyeuses, ses fesses opulentes s'écraser lourdement sur la lunette que le temps avait jaunie, son puissant jet de pisse crépiter contre la paroi entartrée de la cuvette, la chute et le clapotage de quelques étrons… De son côté, absorbée dans l'objet étron inodore qui sortait d'elle, Daria Laladès percevait finement le frottement obsédant de la main masturbatrice du Boiteux. Plus elle entendait cette main frotter à sec la peau tendue de la verge, plus elle devinait que le Boiteux remontait dans le présent de son passé, vers un rendez-vous manqué avec le *réel*. Depuis plusieurs jours, Daria Laladès voyait le Boiteux se transformer en larve visqueuse, car Valérie Ladès avait pris une décision impromptue : quitter son compagnon de lit à coucher et de vie couleur papillon crépusculaire, pour assurer la liquidité en le préservant d'une consumation inutile, l'obligeant ainsi à diriger toute sa nature au dehors d'elle. Mais elle voulait le quitter aussi pour garder toute sa crédibilité sociale. Elle ne pouvait pas rester avec un individu névrosé : il lui avait confié qu'il avait débuté sa vie sexuelle avec la peur (phobique) de faire du mal aux femmes. Et elle lui avait répondu, avec ce regard frontal d'opposition, que c'était donc pour lui un échec sur toute la ligne. Daria Laladès espérait pouvoir mobiliser à son tour cet apport d'excédent libidinal, n'avoir bientôt que pour elle toute la violence, l'exubérance et la prodigalité du Boiteux. Être profanée à des fins de jouissance sexuelle, comme une vérité nue désirée. Car le Boiteux, c'était un bon coup. Elle n'en doutait pas. Les plus réservés étaient les plus tenaces au lit. Les plus impérieux. Les plus audacieux. Et son membre de Priape, bellement incurvé comme une virgule vers le ciel, veineux et finement circoncis l'attirait sans éluder l'angoisse, ni l'horreur, ni le dégoût. En attendant d'avoir la *joie panique* face à des érections pleines de sang et d'esprits animaux, il suffisait de savoir comment prendre le Boiteux – par les couilles – pour calmer sa nature explosive et dépensière, expliquait-elle à Valérie Ladès dans l'espoir de dissimuler son dessein ; et aussi de lui faire oublier qu'elle était une *hors-la-loi*, une évaltonnée qui cherchait à faire le pire sexuellement, à accumuler les aventures sexuelles (si possible interdites, limites, liées à la mort) pour son projet d'écriture. Mais elle avait très peur de Valérie Ladès, laquelle avait réussi à avoir un très fort ascendant sur elle. En sa présence, Daria Laladès se sentait devenir indécise, faible de caractère, incapable de prendre une décision, n'osant jamais (lui) dire non. Elle était devenue une chose, un produit bellement stocké dans le lit à coucher : à travers elle – son corps objet – Valérie Ladès n'avait pas d'autres fins, pas d'autres projets que l'accroissement et l'accumulation des forces vives de son corps Zéro Défaut. Sa sexualité était clivée par un impératif de production : être le nombril Zéro Défaut de la Start-up-nation. Se trouver au lit, entre les cuisses de Valérie Ladès, c'était s'éloigner du *mal*, au sens de la transgression ; la sodomiser, c'était non plus être dans l'angoisse de l'interdit, mais en rétrovision d'une eschatologie purificatrice, d'un salut par le corps souffrant. Alors, en cachette, Daria Laladès prenait des notes pour la partie de son ouvrage (qu'elle éditerait clandestinement sous le pseudonyme de Daria Sordidi) consacrée au rôle du sexe sur l'angoisse des femmes et des hommes – eu égard au refus de Valérie Ladès de sublimer cette angoisse dans l'instant présent du sexe interdit qui passe tout entendement.

Assise sur la cuvette odorant la pisse et la merde opiacée, Daria Laladès se berçait d'illusions pornographiques. L'oreille posée contre le mur écaillé, elle écoutait le Boiteux ramper vers elle en se masturbant sur le même rythme *prestissimo* que la pulpe de ses doigts sur son clitoris mouillé. Elle fermait les yeux : elle devinait le Boiteux, sur l'écran rouge sang de ses paupières, gicler dans un bel élan d'énergie ; puis empoigner fermement le drap de cuir violine, tout poisseux de lourds paquets de sperme à l'âcre odeur protéinique, pour se hisser vers cette puissance d'être en folle rotation sur la chair clitoridienne. Il remonta ainsi vers la tristesse d'un soir de frustration mutuelle, où Daria Laladès, en déshabillé, lui avait fièrement exhibé sa petite poitrine galbée sous la matière ivoire d'un soutien-gorge triangle sans armatures et rebrodé de minuscules papillons pâles mouchetés de noir. Les boucles de ses cheveux filasse, qu'elle venait de détacher avec un arrogant mouvement arrière de la tête, frémissaient sur la partie supérieure des seins. Elle était fière, car sa petite poitrine ferme avait le plus beau galbe, le sein légèrement plus plein en dessous qu'au-dessus, et cette répartition de la masse dans chaque sein donnait au mamelon un angle d'esthétique idéal qui devrait conduire l'inculte Boiteux à consulter les cours de trigonométrie de Valérie Ladès, laquelle dormait sur le tapis occidental noir du salon, toute repliée en position fœtale, l'anus bourré de boulettes d'opium, le corps nu agité de soubresauts, comme si elle était harcelée par un régime de pulsionnalité pour intérioriser la culture du viol, la domination hétéro-masculine et la violence structurelle du capitalisme patriarcal. Daria Laladès s'appuyait de son épaule droite sur le chambranle écaillé de la porte de la cuisine. Elle se hancha en croisant les bras, le poids du corps sur la jambe droite faisant saillir la hanche gauche. Un très court instant, tel un éclair, ce visage plein de grâce et ce nez busqué rappelèrent au Boiteux cette photo en noir et blanc, jaunie par le temps, d'une jeune ancêtre juive déportée de Drancy vers les camps de la mort. Daria Laladès fixait le Boiteux assis sur une chaise bancale. Elle lui expliquait, d'une voix au timbre cuivré, qu'elle avait un peu mal au ventre, car elle était en nymphose. En effet, le Boiteux constatait que le ventre tonique et bien dessiné était légèrement gonflé. Il aperçut aussi, près du nombril, de petites traces rouges de piqûres récentes. Tous les jours, en miroir de Valérie Ladès, Daria Laladès s'injectait une Solution Radicale Corps Zéro Défaut® dans le ventre, mais aussi dans les fesses, dans les seins, dans les cuisses, le front, les joues… jusque dans l'anus pour faire front à la sodomie, copulation sans face à face, sans contact et reine séparatrice de la différence des sexes. Après un moment de mutuelle observation silencieuse, elle s'avança, très désirante, pour dire « bonsoir ! » au Boiteux. Elle avait une haleine sourde qui le troubla un instant. Et elle fit volte-face, lui présentant ses fesses, sans bouger. Un petit papillon de dentelle blanche était cousu au milieu de la ceinture basse de son string ultraserré. Le Boiteux tendit une main, pinça le papillon, puis tira vers lui. Le string ivoire s'ouvrit et se détacha comme une peau morte qui lui resta entre les doigts. Daria Laladès se retourna, recula un peu en tendant une main derrière elle pour fermer la porte squameuse de la cuisine. Son visage *vulgus* tout grêlé opposé à la peau soyeuse de son corps délié évoquait une beauté froide et vulgaire au sens bon et populaire du mot. Le Boiteux se leva de sa chaise bancale, claudiqua de trois pas et tira violemment sur le soutien-gorge, laissant bondir une petite poitrine asymétrique aux aréoles pâles. Une lourde odeur un peu fauve s'exhalait de la vulve. Accroupi, le Boiteux introduisit doucement, avec une minutie presque enfantine, d'abord un, puis deux doigts à travers l'épaisse pilosité d'un blond filasse. Il écarta les lèvres et les nymphes odorantes – d'où filtrait un peu d'obscurité impénétrable par leur fente. La chair mouillée se soumettait avec souplesse aux mouvements des doigts. D'entre les poils filasse s'échappait mollement une glaire épaisse, très claire, toute parfumée des origines salines de la matière vivante. Le Boiteux était surpris par la taille, la grosseur et la couleur du clitoris émergeant du capuchon. Il le pinça, l'écrasa, le fit rouler sur la pulpe d'un doigt et le branla entre le pouce et l'index. Puis, approchant sa bouche, il le mordit. Le serra délicatement entre ses dents. Le suça, en l'aspirant au maximum. Il retira sa petite bouche du clitoris spumescent et émit un rototo. Une bulle lactée apparut entre ses lèvres, gonfla, éclata. Il rota à nouveau, puis reprit en bouche le clitoris. Le nez lové dans cette zone érogène, le Boiteux respirait doucement : l'air y était très pur, comme sur une île minérale. En le regardant sucer son clitoris à l'égal d'un téton nourricier, Daria Laladès avait la sensation d'éclore à la vie, à la réalité terrestre. Elle coulait dans un autre monde. Ses lourdes hanches ondulaient au ras du *réel*. Sa tête échevelée se balançait avec véhémence d'un côté à l'autre. Sa chevelure filasse fouettait le Boiteux qui la branlait tout son saoul. Il était empreint d'un ravissement hallucinogène et affamant face à cette petite clé tout engorgée de sang et qui procurait une réactivité si intense à Daria Laladès. De la vulve distendue s'échappaient des jets qui pailletaient le torse velu du Boiteux et allaient se répandre ensuite en petites flaques chatoyantes sur le carrelage crasseux. Daria Laladès fermait les yeux, empoignant fermement ses fesses qu'elle écartait sur la nuit, la bouche carnivore toute grande ouverte sur la mutité qui transmuait l'angoisse en un gémissement vraiment pur qui n'avait plus de cesse, la tête folle allant et venant, balançant ainsi la chevelure filasse tantôt contre la porte squameuse, tantôt contre la lampe de dix watts piquée au plafond lézardé. Les ombres du Boiteux et de Daria Laladès montaient et descendaient du sol au plafond et vice-versa. La clarté crue de l'ampoule nue balayait, tel un faisceau, les reliefs du corps convulsé de Daria Laladès. Les ombres des seins légèrement gonflés s'étiraient sur les os de la cage thoracique haletante, puis remontaient vers la gorge aux veines saillantes. Daria Laladès se livrait complètement au Boiteux. Derrière ses paupières closes, elle voyait un paysage rouge sang de pierres allongées qui n'éludait en rien l'angoisse unitive d'être. Et elle sentait rejaillir de la houle de son ventre les vagues d'un océan sauvage. Petit à petit, le niveau de cette source primitive montait à gros bouillons tout autour d'eux. Daria Laladès devinait dans l'arrière-fond obscur de sa grotte crânienne Valérie Ladès, la tête encore dans le cul opiacé, se traînant toute nue vers la porte squameuse de la cuisine qui craquait sous la pression. Puis, en l'ouvrant, être violemment entraînée par les flots contenus, torrent d'écume déferlant dans tout l'appartement, emportant et détruisant tout sur son passage, et tuant sur le coup Valérie Ladès après l'avoir écrasée contre un mur. Allongée sur le tapis occidental noir, Valérie Ladès avait senti le choc, comme lorsqu'elle sentait venir lui glacer la nuque la lame de la boulette d'opium qu'elle s'était enfoncée avec un doigtier dans le rectum. Elle subodorait que de l'eau ruisselait le long des murs écaillés et couverts de mousse verte. Elle se voyait nue dans une baignoire, l'eau au ras du menton, des nénuphars et des algues duveteuses surnageant à la surface glauque. Et dans la cuisine, les eaux impétueuses montaient dangereusement jusqu'au plafond lézardé. Les deux amants clandestins penchaient leurs têtes en arrière au maximum pour essayer de reprendre leur respiration avant de sombrer. Puis le Boiteux réussit à soulever du plafond la grille, sur laquelle il consumait toutes ses forces depuis sa naissance, entraînant avec lui une amante bellement nue et audacieuse sur le chemin à rebours de la civilisation, celui qui – en regard de la copulation – remontait dangereusement de l'homme vers l'animal. « Ô ! mais *ça* sent la merde là-dedans ! » pensait à part elle Valérie Ladès en soulevant difficilement son grand corps nu du tapis occidental noir. De l'eau ne ruisselait-elle pas du plafond lézardé sur sa peau toute parcheminée de cellulite ? Ces bruits visqueux de coït et ces visions d'images sales, étaient-ce des effets secondaires de la drogue ? « Pas de panique ! Tout *ça* n'est qu'illusion ! L'autre garce se fait démonter et défoncer son petit cul dans la cuisine sous l'angle de prise de vues introduit naguère par la pornographie : un mouvement de révolte sexuelle sans projet ! Alors, laissons filer les images interdites ! C'est moi qui, de toute manière, ai le plein contrôle sur l'éjaculation… du… Boi… teux… » Tout soudain ataxique, Valérie Ladès essayait de vaincre cette pénible impuissance à articuler des mots, à faire des phrases, à marcher, à mettre un pied sale devant l'autre pour aller ouvrir cette putain de porte noire de la cuisine, toute perlée de gouttelettes, et derrière laquelle la chevelure filasse de Daria Laladès – ses yeux ronds grands ouverts sur un autre monde – allait sans tarder frapper de plein fouet l'ampoule de dix watts. Celle-ci éclata en une gerbe d'étincelles blanches digne d'un feu d'artifice qui, très lentement, fondit dans la gravéolence de la chambre conjugale obscure, où Valérie Ladès, allongée nue à plat ventre sur le drap de cuir violine, les fesses légèrement conchiées, venait de se réveiller en sursaut, alors que le Boiteux, auprès d'elle, s'enlisait au fond d'un rêve qui, ne cessant de revenir, faisait symptôme en le poussant compulsivement à ramper, encore, toujours et avec difficulté, dans la nuit noire d'un sillon humide et visqueux. Des mains obscènes s'agrippaient à ses jambes nues et tentaient de le tirer en arrière. D'autres mains, par les bras, essayaient de le tirer en avant. D'autres encore lui tenaient le visage, l'obligeant à tourner les yeux pour qu'il regardât l'affiche géante l'accusant, photo polaroïd à l'appui, d'être celui qui enfermait des papillons vivants dans le ventre des femmes qu'il avait violées, puis tuées à coups de couteau bien membré. Lui ? Un assassin ? Non ! Fuir ! S'enfermer à jamais dans son petit bureau propre et bien rangé de Corps Zéro Défaut® pour y colorier des rues sur des plans toute la journée, pour ne pas penser, pour ne plus avoir peur d'avoir peur, pour qu'il n'arrivât rien, plus rien. Seulement le visage harmonieux de Georgia, son décolleté *sexy* et sa longue chevelure rouge, laquelle laissait dans son sillage une odeur de fleur fanée qui attirait les papillons crépusculaires.

— Tu as déjà baisé avec une femme enceinte, lui demandait-elle de sa belle voix rauque.

— Non, jamais.

— Alors tu n'as rien vu et rien entendu.

Après s'être dévêtue à son tour – la robe en tombant avait ruiné l'image sociale, laissant surgir la nudité ordurière –, Georgia s'était déplacée avec nonchalance dans la pénombrale chambre d'hôtel miteuse aux murs gris vert écaillés. Les rideaux verdâtres tout mités étaient rebrodés de papillons crépusculaires. Le Boiteux s'était réfugié en cet endroit sordide depuis sa séparation sexuelle d'avec Valérie Ladès. Allongé nu sur le lit à coucher, il suivait du regard Georgia. Il fixait l'obsédante ondulation des hanches doucement arrondies. La petite poitrine défiait l'entendement par son immobilisme empreint de force brute. S'arrêtant face au pied du lit, Georgia se retourna, puis écarta ses fesses redondantes afin d'ouvrir l'esprit et la vue du Boiteux sur *le petit anus solaire* éclairant un monde immanent, où un animal en mangeait un autre avec une férocité sanguinaire. Elle fit volte-face en projetant sa chevelure rouille en arrière, et constata que le Boiteux bandait comme un cerf. Le membre nervuré de veines sombres était enveloppé de nuit noire. Georgia, dans sa nudité animale, coulait comme l'œil mouillé de la bête désirante. Elle grimpa sur le lit à coucher aux vieux ressorts grinçants. Son entrecuisse odorait une très forte odeur sexuelle. Comme son haleine chaude, et la salive qui s'écoulait doucement des remous de sa langue, laquelle avait le sens de l'enjeu indécent du sexe, de ce qui pouvait rapprocher sexe et ordure, sexe et sauvagerie. Le Boiteux s'abîmait frontalement dans une observation obstinée de la motilité péristaltique, qu'il voyait se développer sous les joues creusées de Georgia, et qui entraînait le membre dégluti sur la pente de la langue vers l'arrière-bouche d'où il s'enfonçait dans le pharynx, lequel, en se contractant, étouffait Georgia. Sa gorge enflait au passage. Ses yeux grands ouverts sur le Boiteux brillaient d'une sourde folie. De la bave s'épanchait de la commissure de ses lèvres. Georgia n'aurait point de cesse qu'elle ne fût restée un temps sans déclin avec ce membre dur au plus profond de sa gorge, jusqu'à la racine triviale de la puissance d'être de l'éclosion du Tout. Mais des haut-le-cœur la secouaient violemment. Et elle régurgita tout le membre, où l'ordure était saillante. Elle reprenait son souffle, comme une nageuse après une longue apnée. Toute la force de la bouche fellatrice de Georgia se concentrait maintenant autour du gland circoncis qui excrétait une petite mouille. Par de délicates morsures, Georgia imprimait dans la chair l'ardeur de son désir animal – à rebours de la succion du sein maternel tout empreint de la trace fossile des impulsions biologiques de la scène originaire. Émergeant d'entre les lèvres spumeuses, la langue venait tourner autour du gland, tandis que d'une main impérative pleine de bave Georgia pressait les testicules, durs comme des pierres vivantes. La bouche entr'ouverte, elle avait le regard fixé sur la vélocité de l'autre main. Elle ne pensait plus, son esprit vide et désinhibé faisait un avec ce *réel* tel qu'il était en lui-même : l'intention nue. D'un geste souple tout viscéral, Georgia dégagea sa bouche dégouttelante… et l'aspersion de la folle semence, insolent essaim prédateur, se dispersa en giclées muettes, dilapidant avec une exubérance désordonnée – sourire carnassier de Georgia – une énergie qu'il eût été dangereux pour le Boiteux de contenir plus longtemps. Georgia suivait à la trace ce bel élan luminescent qui s'élevait lentement, souveraine violence d'un monde perdu à jamais. Violence intime contagieuse qui s'immisçait dans le corps indécent de Georgia – à défaut de celui du Boiteux encore sous puissance du corps fantôme de Valérie Ladès. Noyée dans l'immanence, Georgia s'éloignait du Boiteux, elle tombait dans une zone d'ombre où jamais ne se posait la question morale. De cette brume de chair érubescente, le Boiteux ne distinguait que l'extrême ardeur, l'extrême incandescence d'une main floue qui s'agitait au ras du réel du sillon vulvaire giclant par saccades comme une source. Georgia suppliait d'être pénétrée. D'indicibles mots crus avaient contraint le

Boiteux à la prendre impulsivement en levrette bien claquée, lui empoignant la chevelure rouille. Obnubilé par les mouvements de flux et de reflux des fesses, il se défonçait sur Georgia, avec une rage, une colère, une haine plus ou moins contrôlées. Être le plus rapide. Être dans la course d'une grammaire sexuelle qui donnait la direction du monde. Faire du corps viril en train de copuler la formation signifiante d'une logique darwinienne imposée aux femmes. Une loi vertueuse et darwinienne : une loi inégalitaire, où le néolibéralisme traversait tous les corps mis en relation de compétition et de coopération perpétuelles. *La survie du plus apte* sexuellement résonna contre les murs sales de la chambre, comme un coup sec de revolver ; et la fesse meurtrie rougissait d'une main négative virile. Encaissant des coups de boutoir bien claqués, la tête – tirée par les cheveux – brutalement redressée en arrière du monde où elle tentait de se perdre en y entraînant le Boiteux, Georgia avait ouvert tout grands les yeux et la bouche, comme si elle était frappée d'effroi et d'horreur face à la vue d'une hache de cowboy qui défonçait la porte squameuse noire de sa chambre à coucher. « Wahoo ! Ça claque ! Quelle hostilité ! Pourquoi tant de haine ? Tant de rage ? T'as peur ? Mais tu n'étais pas dans Ladès, mais en moi ! Et dans mon vagin, qui plus est ! Si tu veux un jour trouver ton *étrangère*, ta *barbara* avec laquelle tu pourrais prétendre à une certaine maturité sexuelle, il va te falloir apprendre à te laisser aller à un autre niveau de conscience, mon gars ! Tu n'es pas prêt pour cette figuration sexuelle qui détruit l'ordre, renverse les valeurs. Tu n'es pas prêt à *baiser* au bord de la mort, de la pourriture, de l'ordure. Tu n'es pas prêt pour t'aventurer au cœur de la figure féminine du *réel* imprévisible, jardin très sauvage, très farouche, angoissant comme la bouche des femmes ouvertes dans *le cri* ! Tu n'es pas mûr à ressentir la morsure féminine ! Tu n'es pas mûr pour la transgression ! » Ce qui troublait le plus le Boiteux, ce n'était pas d'entendre

Georgia lui prédire, avec une poésie crue, son avenir sexuel dans le monde féminin – c'est-à-dire le *réel* – ni de lui faire le reproche – justifié – de se croire encore subordonné comme objet viril à Valérie Ladès, donc de lui faire la guerre pour avoir tout, au lieu de la *baiser* pour avoir rien. Non, ce qui l'angoissait en fait, c'était d'avoir entr'aperçu chez Georgia une créature sensuelle, plus animale qu'humaine, et qui pouvait se consumer infiniment dans le plaisir. Pour rien. Au-delà du souci d'un à venir. Mais comment *la* faire *jouir* ? Comment rompre cette distanciation sociale imposée entre femme et homme ? Comment rompre cette discontinuité ? Comment sortir du geste barrière du sexe rationalisé ? De la copulation raisonnée ? Comment s'arracher à cette langue qui nous conditionne, nous subordonne ? Comment éviter la sodomie, *forme impérative* d'affirmation de la pureté sexuelle et de reconnaissance sociale ?

Quand le téléphone cellulaire de Georgia avait sonné, alors que le Boiteux était tout encore chaud en elle, elle avait dit :
— Je décroche !
— Non, c'est ton cave…
— Comment tu le sais, dis ?
— Je sais toujours qui appelle. C'est comme ça. J'y peux rien.
— Alors je décroche !

Elle lui enfonçait ses ongles vernis d'azur dans les fesses et lui soufflait son haleine sauvagine au visage. Le Boiteux tendit un bras vers le sol, où des cafards zigzaguaient, attrapa le téléphone futuriste et le donna à Georgia. Pendant qu'elle parlait à son cave, le Boiteux observait le téléphone, et cette jolie main qu'il avait vue remonter de la vulve humide pour retourner appréhender le monde profane et fermé des objets, cet environnement culturel qui poussait les femmes à réprimer leurs pulsions sexuelles et leurs instincts naturels afin d'être admises dans la société patriarcale productiviste et dans certains domaines habituellement réservés aux hommes. Le téléphone, lui, avait une belle couleur jaune d'or des années 1960-1970. Ces années-là avaient rêvé *l'an 2000*. Mieux : *l'an 2000* avait été imaginé et créé pendant les années 1960-1970. Lorsqu'on voyait des documents de cette époque antérieure, on avait l'impression d'y voir un monde qui venait du futur – et auquel il retourna à jamais. Un monde qui n'en finissait pas de venir du futur. De créer du futur au présent. Les couleurs, les vêtements, les visages, les coiffures, l'érotisme, la sexualité, le sexe, les affiches, les meubles, la technologie, les inventions, les voyages dans l'espace… tout cela avait respiré l'utopie, le mythe du progrès, la révolution permanente, l'imagination créative dans la rue, une parenthèse enchantée – alors que dans les faits la guerre et l'économie étaient restées toujours soumises au maximum à un principe de rendement : agrandir l'Empire.

Georgia raccrocha. Le Boiteux bandait encore, au grand étonnement de celui-ci… mais parfait pour le ravissement de Georgia. « Je veux te prendre » lui murmurait-elle au creux de l'oreille. Elle parlait en laissant certains mots se retourner comme un gant dans la nudité d'un franc-parler, d'un accent populaire dont le Boiteux, venant d'une classe inférieure, étant sans instruction, avait la nostalgie. La vulve humide exhalait une puissante odeur. Entêtante. Excitante. La ruse de l'espèce. La main agile de Georgia guidait celle du Boiteux sur son clitoris tumescent. « Laisse-moi te guider, disait-elle, laisse-moi te noyer dans cette immanence, pour que tu y trouves ta *barbara*, à bord de mon clitoris, ton vaisseau Argo… » Le Boiteux regardait Georgia avaler le son du jouir, pour ensuite l'exsuffler dans une puissante sonorité rauque toute primitive. Ses grands yeux ronds changeaient de couleur. D'une main, elle se pressait un sein. Les veines de son cou saillaient. Elle était partie au-delà du Bien et du Mal, au-delà de toutes morales, au-delà de l'esprit et de la chair. Brute et viscérale, elle emportait le Boiteux avec elle dans les fluides limpides et intarissables qui glissaient hors de sa fente vivifiante. L'orgasme clitoridien fut comme un éclair bleu qui arracha net le Boiteux de ce monde féminin inconnaissable, impermanent et où toute femme, dans la lumière crue, apparaissait à l'homme telle qu'elle est – infinie. Il releva les yeux vers Georgia qui venait de le prendre en une photo obscène. Elle voulait en prendre d'autres, triviales, proches des ténèbres animales...

Georgia offrit seulement un polaroïd au Boiteux. Pendant qu'il regardait l'obscure image, elle lui disait ces mots :
— Tu sais, nous deux, c'est un secret, qui – même à travers les mots gigognes de ce livre que le lecteur tient entre ses mains – doit rester à l'abri des regards indiscrets. Et puis... on ne recommencera pas *ça*, plus jamais, pas comme *ça*... Je ne veux pas qu'on se fasse mal, car nous ne sommes pas assez mûrs pour être d'égal à égal dans notre différence sexuelle ; et pas assez détachés du troupeau pour *baiser* comme si nous étions au bout de notre monde, sur une île déserte nue et sauvage... Pierre, mon Pierre, je voudrais qu'un jour tu me *baises* comme si ta vie en dépendait. Comme s'il y avait urgence ! ... Allez ! On se fume un *kif* ? Et puis après, avec ma bouche pleine d'obscurité barbare, et avec mes petites mains paléolithiques, je ferai de ta queue simiesque une *pierre à lame*... Ô ! fais pas cette tête de mort, vieux chasseur, c'est de la poésie gluante, et j'aime *ça* !

Accroupie, les fesses redondantes tournées vers le Boiteux, Georgia sniffait, avec du papier monnaie roulé en paille, la poudre de *Trachyte* qu'elle avait étalée à touche-touche le long de la verge. Le Boiteux inhalait la vapeur blanche d'une boulette de *Trachyte*, qu'il avait éclatée entre le pouce et l'index, après l'avoir préalablement trempée dans l'écume de la vulve, puis excitée énergétiquement sous les rayons ardents du *petit anus* de Georgia.

Celle-ci s'était relevée, à la recherche de son ombre perdue. Elle se tenait debout, frissonnante et bellement impressionnante dans sa nudité vulgaire. Elle avait une grâce animale. L'obscénité et la sauvagerie la couvraient jusqu'au bout des ongles azur. Le Boiteux appuyait son regard sur les seins, arrondis comme des lunes gibbeuses. Le trou noir du nombril aspirait toute la lumière crue qui tombait du plafonnier sur les saillies du corps de Georgia, lui sculptant ainsi une étrange silhouette, le squelette perceptible sous la peau luisante nûment modelée par la nuit d'un monde immanent antérieur à la parole. De son point de vue obscène, Georgia voyait son ombre sexuelle qui allait chevaucher le Boiteux. Peu à peu, une brutale convulsion enveloppa le lit à coucher. Comme des ailes blanches, finement nervurées de noir, toutes palpitantes. On entendait plus que les râles, les cris bestiaux et les bruits gluants, ponctués par les grincements du sommier, sur lequel les corps conjoints et entrelacés n'étaient plus que matière solaire somptuairement éruptive, dépensière, orgiaque. Dans la noirceur humide de la vulve, la verge ruisselante imprimait un mouvement qui inversait les valeurs, et elle dépensait toutes ses forces en pure perte, car il n'y avait pas de fin de l'histoire. Au bout de la nuit de cette dissipation irréversible de l'énergie, on percevait l'éclair de l'orgasme féminin, lumière fossile de l'origine stellaire de toutes les choses, origine qui se répétait en toute chose, jusqu'au fin fond de l'utérus de toutes les femmes lors de l'éclosion de l'ovule fécondé. Dans l'extase sexuelle, l'esprit est le *vide*. Georgia y contemplait anxieusement la vastitude de l'ombre sexuelle, la profonde violence toujours avortée des corps conjoints et tout proches d'une intimité perdue – ce que l'on nomme maintenant l'inconscient. Le Boiteux, lui, homme *faible* qui savait maintenant ne rien *savoir*, était au cœur d'une fascination angoisseuse face à Georgia : ses yeux révulsés, renversés vers la connaissance nue et unitive d'un monde sauvage, violent, indéterminé, imprévisible, où il n'y a pas de direction ; ses longues mains incurvées, saisies de tremblements ; son beau visage vulgaire déchiré par la bestialité et la stupeur ; ses yeux blancs cernés de bleu ; sa bouche animale toute grande ouverte dans le *Oui* qu'elle poussait, scandaleusement, d'une voix obscène de soprano très élevée ; et puis... cet air bellement égaré – comme l'inconscient. Dans cette dépense ordurière de soi, libérée des sentiments moraux, des choses et de l'utile par le geste quasi félin de rupture qu'engageait la *volonté de jouir* dans un pur rapport d'immanence, Georgia était sujet et souveraine, et la conscience que tout était pour rien en ce monde était aussi sa souveraineté : dépenser en pure perte tout ce qu'elle ne pouvait manquer de produire dans la transgression des limites.

En silence, Georgia avait revêtu sa robe bleu azuréen, voilant peu à peu son corps nu iridescent de sueur. Avant de quitter le clair-obscur de la chambre musquée, elle avait glissé au Boiteux sa petite culotte gris-vert tachée de brun, avec laquelle elle avait préalablement essuyé sa vulve qui ruisselait encore de mouille. En regardant Georgia s'éloigner doucement à reculons vers la porte squameuse noire, puis faire volte-face, les yeux tristes du Boiteux chutèrent abruptement sur la croupe, dont la saillie redondante glissait dans l'obscurité. Après que la porte noire eut claqué comme une sentence, éclipsant à jamais la silhouette du *bien-être*, le Boiteux inhala à pleins poumons l'intérieur odorant de la petite culotte qui lui masquait le nez et la bouche tel un masque à oxygène. Et il se réfugia dans la nuit angoissante du polaroïd, s'abîmant alors dans l'image clinique de la verge tout enfoncée dans la nuit humide de la vulve, les corps animaux se surimposant à l'étreinte dans le perdu de l'impossible d'avant la naissance.

L'œil de verre noir et globuleux de la caméra de contrôle de l'hôtel traçait Georgia descendant la pente raide d'un escalier sans fin – *l'escalier des siècles* –, la chevelure rouille déployée sur les épaules, les hanches arrondies chaloupant dans la robe tout en tension. Depuis plusieurs mois, Georgia portait toujours la même robe bleu azuréen (elle en possédait une dizaine qu'elle passait de son corps à la machine à laver et vice-versa), une robe moulante mi-cuisse, nu-bras et avec l'encolure ras de cou qui s'ouvrait vers son dos musclé en un profond décolleté en V, la pointe au centre de la colonne vertébrale dont chaque nœud osseux saillait sous la peau blanche satinée et ponctuée, de-ci de-là, de minuscules taches de rousseur et de grains de beauté, qui étaient à son dos ce que les étoiles et les astres sont à la nuit stellaire. Dans la fausse nuit citadine, sur toute la hauteur d'une gigantesque pornopublicité qui surplombait la minuscule silhouette de Georgia, se dressait, telle une érection qui se devait de durer, le corps nu et stérile de Valérie Ladès, abstraction au service de la rationalité économique qui rêvait de tout dématérialiser, de la société à la nature, en passant par les relations sexuelles. Tous y adhéraient par le régime de pulsionnalité proposé par Corps Zéro Défaut®. Tous y adhéraient parce que Valérie Ladès était parvenue à un stade d'austérité sexuelle et d'anéantissement du corps que les autres femmes étaient loin d'avoir atteint. Valérie Ladès, belle automate ambitieuse politiquement bien faite, avait eu une efficacité libidinale d'impétration suffisante pour se voir la faveur d'être la femme de soixante ans au corps de vingt ans choisie par Corps Zéro Défaut® pour en être l'instrument subalterne exposé et jeté en pâture. Un beau mètre quatre-vingt-cinq de beauté plastique transmutée en une machinerie du Capital qui réifiait l'humain et annulait toute symbolisation « parce qu'elle brise l'entre-soi, parce qu'elle bouscule nos habitudes sexuelles, parce qu'elle *sadise* le peuple, parce qu'elle restreint les contacts vaginaux, parce qu'elle vient changer le visage de notre économie, parce qu'elle accepte les règles imposées par Corps Zéro Défaut®, parce qu'elle crée de la pédagogie autour de l'Utérus Artificiel et parce que dans l'écran de contrôle elle ne crie pas de plaisir, non : elle proclame sa foi aveugle en la loi du marché. » Ainsi, dans toutes les rues de la Start-up-nation, la pornopublicité Valérie Ladès – Bombe biopolitique au corps nu en posture impétratoire barré d'une inscription en lettres noires d'aspect fracturé : *Ensemble soyons rationnels*, et poupée sodomisée/décapitée d'une beauté glacée et d'une jeunesse factice –, captait l'essentiel de la lumière : rien ne pouvait et ne devait se développer à ses pieds. On y retrouverait Georgia assassinée. Étendue sur le dos. Les yeux grands ouverts. La robe bleu azuréen, déchirée, virant lentement au vert. Son sexe violine et son ventre fécond pleins de papillons crépusculaires vivants.

Debout au pied de la tombe, le Boiteux et le cave regardaient la terre fraîchement retournée, et dans les tréfonds intimes de laquelle le cadavre nu de Georgia était en train de se transformer en humus plein de vie microscopique. Une pluie fine et odorante tombait du plafond des houppiers d'hêtres. Le Boiteux fixait la pierre noire du tombeau, avec sa petite plaque austère où y étaient gravés le prénom et le nom ; la date de naissance et de mort ; et une épitaphe : *"Couche avec moi, car nu tu es sorti de l'utérus de ta mère."* Le cave n'arrêtait pas de soliloquer : « Elle baisait avec une intensité primitive, c'est pour ça qu'on l'a tuée ! Elle était dans l'existence comme dans la forêt originelle ! Comme le feu dans le feu ! C'est pour ça qu'ils l'ont tuée ! C'était une barbare en amour qui refusait d'être pathologiquement normale... » Le Boiteux l'écoutait, en silence, les yeux de l'esprit s'enfonçant dans l'eau noire du Styx, à la recherche de Georgia, bellement assise vis-à-vis de lui à une table verdâtre. Elle était miséricordieusement non-

humaine, à l'égal des bêtes. *Comme l'eau dans l'eau.* Elle allumait une cigarette. Au bout de quelques secondes, comme prise d'un léger étourdissement, elle l'écrasa dans le cendrier vert. Elle leva ses yeux ronds vers le Boiteux, et elle lui dit :
— J'ai un peu la nausée... J'ai mes règles...
(Le Boiteux se demandait à part lui s'il aurait le courage de la pénétrer, la vulve dégorgeant le sang – le sang des femmes...)
— Et quand j'ai mes règles, j'ai peur... et j'ai honte d'être féconde...
(Le Boiteux voyait la robe bleu azuréen virer au vert glauque.)
— Que vas-tu faire maintenant ? demanda Georgia.
— Continuer de colorier en vert des rues entières pour les commerciaux de Corps Zéro Défaut.
— C'est tout ?
— M'échapper loin, en écoutant tes orgasmes fantômes.
— C'est mieux.
— Et puis... continuer à mourir, doucement, sans pousser le temps...
— Tu as tout le temps pour toi.
— Je sais...

La robe s'effaçait. Georgia se dissolvait dans le non-être qui bornait chaque existence, et qui, parfois, frémissait comme un déjà-vu dans l'état second de l'orgasme des femmes. Ainsi, écouter leur *jouir* n'était-il pas sans risque de passer de l'autre côté de l'invisible scène primitive.

Dans la pénombrale chambre d'hôtel, le Boiteux avait daigné de concentrer toute son attention schizoïde sur l'écran de contrôle noir et globuleux qui diffusait un film de *pédagogie sexologique* : NO ALTERNATIVE 3. Le Boiteux voudrait s'enfermer dans la cage morale de Valérie Ladès qu'il ne s'y prendrait pas autrement. Toute la société était organisée, mise en ordre socialement et sexuellement, par la langue réticulaire de l'écran de contrôle, le plus constamment, le plus invariant ; mais personne ne le savait, tout le monde croyait contrôler son image, sa pensée, son énergie et son comportement social et sexuel. Tout le monde donnait son consentement en allant et venant sur l'écran de contrôle entre acédie et addiction. Il était difficile d'échapper à la pression sociale et à l'excitation collective induites par la superstructure pulsionnelle du film de *pédagogie sexologique*. Celui en cours de diffusion s'articulait autour d'un combat entre l'instinct et la morale, un face-à-face qui se déroulait sur la scène d'une *Sainte Guillotine* dressée sur un échafaud massif, avec des jambes de force en acier boulonnées aux quatre coins et moulées sur le modèle des longues jambes fuselées de Valérie Ladès, l'égérie de Corps Zéro Défaut® – partout diffusée dans le monde, elle était devenue une monstruosité sexuelle dont la façon d'être était contagieuse, poussant les populations à s'adapter artificiellement par le biopolitique : Évolution – Sélection – Mutation. La *Sainte Guillotine* était une machine puissante, de couleur rouge et qui dépassait les six mètres de hauteur sur la place de la Révolution en actes. Par l'anus ouvert de la lunette de la *Sainte Guillotine* apparaissait toute nue l'invisible Valérie Ladès, mutante aux poings liés dans le dos et prise mécaniquement en sandwich entre deux hommes velus, congénitalement agressifs et idéologiquement formés pour devenir de *braves guerriers sur l'écran de contrôle*. L'un exprimait dans la figure repoussoir du vagin la mauvaise sexualité – l'instinct. L'autre exprimait dans l'anus le dogme – de toute une société – résolutoire de la logique phallique : effacer l'autre, l'altérité, la différence des sexes, la division genrée des rôles sexuels, la mort à l'œuvre ; puis tout réduire à la figure idéaliste du même, à un seul sexe qui lui faisait la différence pour le plus grand bonheur de tous : le phallus. Logique binaire de ces deux mouvements opposés dans le corps déréglementé de Valérie Ladès : l'avoir ou pas. Le pénis-effractant, qui s'enfonçait dans la flexibilité de l'anus effracté, imprimait le mouvement utile conçu par rapport à un objectif de productivité qui dissimulait à peine l'esclavage moderne, la violence féminicide et l'instauration de la concurrence délétère entre les femmes, formes particulièrement opératoires de domestication du corps social afin d'arriver à une efficacité telle que ce puissant et violent mouvement de pénétration anale insertive/réceptive la définissait. Seul comptait la production d'une conjonction copulative non séparée de la négation sexuelle, totalement dissociée de la procréation, où, cul par-dessus tête, la femme, variable d'ajustement compétitif, était structurée à l'image du capitalisme afin de la libérer de ses entraves biologiques et organiques, de l'ouvrir à la concurrence loyale, libre et non faussée, et dès lors de la mettre au service de l'accumulation en vue d'une fin ultime à venir : l'Utérus Artificiel™. La vulve, durement pénétrée par l'effraction du pénis-effractant, était réduite à une conduite à risque immorale de dépense improductive, dégorgeant une peste émotionnelle dans le corps social. Gros plan frontal, à la limite du supportable pour le dogme néolibéral sexuel, où la vulve impure, mécaniquement effractée dans un marécage de folie et de violence, devenait à coups de bombardements visuels idéologiques une zone de non-lieu, une zone interdite, une zone de non-droit et de refoulement du sexe féminin, une réduction du féminin au châtré. Le montage parallèle entre l'effraction-anale et l'effraction-vaginale se repliait dans la violence de la langue de l'écran de contrôle noir et globuleux : submerger le corps social d'excitation, pour lui rendre, par effet d'association, l'image tactique de la norme mentale et comportementale totalement fluide, insaisissable et indémontrable comme une loi de physique naturelle. Prise maintenant *a tergo* à quatre pattes sur l'échafaud rouge par un seul homme – le sodomite –, Valérie Ladès, poings liés dans le dos, était là, à l'image apotropaïque, en lieu et place de toutes, se faisant verbaliser par l'anus pour être désubjectivisée, désobjectivée, chosifiée et reconnue comme une *sale chienne de guerre* pour qui la sexualité devait maintenant correspondre aux exigences que formulait la société, afin de contrôler toutes les énergies répressives des instincts mauvais, de renouveler par l'œil qui copule et par l'image identificatoire la force de travail et de consommation du corps social. Dès lors, Valérie Ladès, ainsi prise *a tergo*, absorbait l'énergie libidinale des regardant(e)s et contribuait à neutraliser son excès. L'écran scannait en permanence ce que l'on regardait, et l'on pouvait même être condamné par la trace que l'on avait laissée sur la vulve-effractée. Une séquence tactique fixe débutait sans transition par un très gros plan fonctionnaliste du pénis-anal-effractant – mais structurant une société utilitaire ouverte à la concurrence, à l'ajustabilité et à la réversibilité (changer d'objet à tout instant). Puis, un lent et long travelling arrière, parfaitement fluide, permettait d'élargir le système signifiant : l'homme-sodomite de dos, arc-bouté au-dessus des grosses fesses de Valérie Ladès à quatre pattes, la cambrure dégageant la saillie anale ouverte au phallus comme un capital disponible pour le moteur de la productivité de demain, moteur dérégulé qui s'ajustait très bien au rythme du pénis-anal-effractant. Cadence disruptive, au rigorisme moral parfait : les rapports sexuels étaient gouvernés par la logique du marché capitaliste, et la femme, y étant une valeur d'ajustement, demandait encore plus de pression morale et d'interdits majeurs sur son sexe, et ce pour intensifier l'impulsion de l'idéologie du *donnant-donnant/gagnant-gagnant*. Seule la sodomie frontale, sans éjaculation interne, reproduirait à des fins utiles la force de travail et de consommation. Seul l'Utérus Artificiel™ reproduirait le tissu social. Seul l'homme-sodomite poursuivrait la guerre (dilapidation des richesses accumulées) par d'autres moyens : l'anus des femmes châtrées. Le royaume de Corps Zéro

Défaut® ne se conquerrait qu'avec l'obligation de consentir à la violence politique d'une grammaire sociale. Le travelling achevé, la séquence tactique s'installait dans le temps long. Les grosses fesses de Valérie Ladès luisaient comme du cuir et sidéraient le corps social – chauffé à blanc. Efforts musculaires torturants de l'anus au pourtour boursouflé. Le couple était comme une orange mécanique parfaitement fluide, en roue libre, s'autorégulant d'elle-même, croissance libérée sur l'échafaud au bois de justice rouge, cet instrument national qui faisait tout, qui gouvernait et qui faisait entendre, par-dessus les bruits cliniques, visqueux et flasques de la sodomie, la voix de l'État profond :

— « Je veux vous dire que sans prise de risques, il n'y aurait pas de boîtes de conserve. On va passer à l'Utérus Artificiel. Oui, on va prendre le tournant de l'Utérus Artificiel, parce que c'est le tournant de l'innovation. J'entends beaucoup de voix qui s'élèvent pour nous expliquer qu'il faudrait relever la complexité des problèmes contemporains en retournant à la lampe à huile. Je ne crois pas que le modèle de la procréation naturelle permette de régler les problèmes contemporains. On peut se passer du corps des femmes, et l'Utérus Artificiel va corriger les choses pour que l'humanité retrouve l'efficacité. »

Et le lourd couperet d'acier trapézoïdal de la *Sainte Guillotine* trancha !, coupant net la séquence, laissant ainsi le regardant dans un état d'hébétude et de frustration, n'en ayant jamais terminé avec l'inconscient inassouvi se soulageant sur l'écran de contrôle qui, a contrario, préservait l'Ordre Social par la destruction symbolique de l'égérie de Corps Zéro Défaut®. Le triomphe du corps de Valérie Ladès était aussi celui de Corps Zéro défaut®. Et la destruction de son égérie – son autodestruction – dans l'au-delà sacré de l'écran de contrôle permettait de résoudre le dilemme sexuel qu'elle avait affiché lors de la pénétration vaginale. Valérie Ladès ne pouvait être l'égérie de Corps Zéro Défaut® que par le moyen de ce qu'elle condamnait : elle excluait le sexe impur par le sexe impur, et, dès lors, restaurait-elle l'ordre moral détruit pendant la pénétration de son vagin, neutralisant le reste des femmes hétérosexuelles et affichant par la voie anale – processus qui menait la femme dérèglementée au stade phallique – que le capitalisme ne dépendait plus des capacités procréatives des femmes pour son expansion, l'Utérus Artificiel™ devant assurer la production constante d'une *surpopulation*, la future masse salariale, variable d'ajustement rendue flexible à l'infini, jusqu'à sa liquéfaction totale.

Le Boiteux avait été fasciné, submergé d'excitation, étrangement contaminé. Œil complice à son insu, car, pour que la représentation immonde de la pénétration vaginale – s'animant image par image dans l'ombre pornographique plurimillénaire du coït originaire – fût acceptée et regardée en toute quiétude, la posture sexuelle prise par Valérie Ladès avait été scénographiée pour faire écho avec ce fond commun pluriséculaire de la Flagellation, de la Couronne d'épines, de la crucifixion des mains et des pieds, du percement du flanc, de l'agonie dans la nuit vivante de l'orage, de la descente au tombeau et de la résurrection du corps souffrant déclarant : « *Ne me touche pas !* » Le Boiteux n'avait pas eu conscience de cette posture cruciale de l'oppression, où la saillie anale n'était plus la sexualité, mais sa consumation que l'on regardait sur l'écran de contrôle à défaut d'y participer. Le Boiteux avait regardé la saillie anale rationalisée de Valérie Ladès sans ciller, frontalement, bien qu'il eût eu la fulgurance troublante d'un déjà-vu : un petit crucifix argenté, pendu au cou gracile d'une fille évaltonnée, et qui palpitait d'une lueur malévole entre les deux seins lactifères, alors que, les pieds dans la boue, il essayait de vaincre sa peur de pénétrer cette fille turgide d'orgueil par le vagin. Le Boiteux savait qu'en regardant l'écran de contrôle, c'était être dans la structure psychologique d'une vision nazie de l'existence – et l'écran scannait toutes les traces laissées par votre œil afin de modéliser le comportement des individus : les obliger à consentir à la sodomie, par exemple. Le Boiteux était pris dans la dialectique du Maître (l'écran de contrôle) et de l'Esclave (lui, le voyeur addictif). Piégé comme un rat de laboratoire. En regardant de telles images, images sous contrôle d'une autorité administrative aux pouvoirs exorbitants, qu'attendait-il en son for intérieur d'une femme ? Des femmes ? Qui était-il ? Que voulait-il ? Il était fier de ne pas avoir eu à devoir renoncer à sa liberté lors de sa jeunesse et au début de l'âge adulte pour faire face à l'écran de contrôle. Apprendre à le gérer, à s'en méfier, à savoir s'en servir, à le fuir, tout en étant intrinsèquement aliéné à cette technologie qui induisait des comportements stupides, névrotiques et addictifs. Cette vaine lucidité lui laissait-elle une petite chance d'échappatoire ? Une petite chance de pouvoir remonter jusqu'à cet océan tapi dans le ventre des femmes, jusqu'à cette île au milieu des eaux : le *réel* ? Il cliqua-gauche sur la pulsionnette noire pour éteindre l'écran de contrôle – dans la fêlure duquel Valérie Ladès, décapitée par le hors-champ – mais avec tout le marché mondial à ses pieds –, impétrait une sodomie calquée sur les mécanismes de l'économie, où le phallus, en miroir d'une chasse à l'homme, contrôlerait la progression massive d'un des plus beaux *cash-flow* du monde en explorant les boyaux et toutes les entrailles de son cul lardeux, monstre sacré biopolitique jouant le rôle de tampon de choc pour absorber les pulsions assassines du monde néolibérale. Ainsi se réappropriait-elle son corps par la mise en scène médiatique d'une empreinte traumatique inconsciente. Comme une petite bête sauvage, le Boiteux couvrit son nez et sa bouche du slip odorant de Georgia. Il inspira et expira. Plusieurs fois. Comme un asthmatique à la recherche de son souffle de vie. On frappa à la porte. Cinq coups légers. Surpris, il eut un sursaut de *coupable*. Il se redressa et dissimula sous le lit à coucher le slip.

Dans l'obscurité de la chambre d'hôtel, sur l'écran de contrôle noir et globuleux éteint se reflétait la nudité surgissante de Daria Laladès. Elle regardait son ventre réfléchi, doucement arrondi, barré d'une spirale de sperme. Autour du nombril se formait une espèce de galaxie visqueuse pleine de centaines de millions de spermatozoïdes qui se donnaient à fond, leurs longs flagelles s'agitant dans la démesure. Daria Laladès ramassa le sperme au creux de sa main gauche repliée en coupe. Elle la porta à ses lèvres pour en avaler le contenu. Elle essuya sa main sur sa vulve velue. Elle retourna s'allonger dans le lit à coucher. Tout à l'heure, conjointe avec le Boiteux, dans l'obscurité où brillait l'œil anal de Valérie Ladès qui les regardait en pleurant des larmes de merde, Daria Laladès avait bien senti la verge dressée l'emporte-plumer au plus profond de son ventre médiateur. Elle avait tenté de crier l'impossible de ce rapport sexuel tout en contractant les muscles de son vagin, jusqu'à ce qu'il enserrât comme une main le couteau bien membré. Et elle avait vu dans les yeux bleu acier du Boiteux que s'il la prenait ainsi, comme une *sale chienne*, avec un impératif d'efficacité et de profit, c'était à cause de l'introjection de l'être-image surexposé de Valérie Ladès, à cause de la manière dont la caméra de l'écran de contrôle restait braquée sur elle, à cause du gros plan explicite montrant le mascara qui coulait. Le corps-sodomisé étant gage de vérité, Valérie Ladès n'était plus un être humain, mais une pure extériorité sans aucune intériorité, un consommable spéculaire se détruisant dans l'infinie multiplicité de l'image de son corps nu et stérile, en posture *genu-pectorale* impétratoire, et qui encaissait à fond, avec une discipline de fer confinant à la discipline militaire, le désordre infernal de toutes nos pulsions assassines incarnées par l'entremise du sodomite ithyphallique, lequel régnait plein cadre sur cet effondrement systémique global et en action directe dans l'écran de contrôle noir et globuleux qui ne cessait pas de marteler à tout un chacun de croire, ou de faire semblant de croire, que Valérie Ladès n'avait d'autre fin, en réprimant ainsi ses besoins instinctuels avec bravoure, qu'une intensification de la pression morale, pour que l'énergie sexuelle ainsi réprimée poussât vers la décharge du propre développement du Capital Beauté et Jeunesse de toutes et de tous, que l'immolation de son corps n'était qu'une opération productive de salut : Vous resserverez toutes et tous dans l'ordre en rapport aux exigences morales de Corps Zéro Défaut®. Un âge d'or à venir. Pour le plus grand bonheur de nous tous. Et en encaissant les coups de reins brutaux du Boiteux, Daria Laladès avait cru deviner, au bord du lit à coucher froissé comme une muqueuse rectale, Valérie Ladès gisant. La tête invisible. Les seins lactifères froissés. La vulve peinte à la sanguine. Le Boiteux avait-il eu sa peau ? L'avait-il prise à mort ? L'avait-il défoncée comme il la défonçait elle, par peur d'être accusé d'impéritie ? S'était-il échappait, tel un papillon crépusculaire, d'entre les lèvres de la vulve, ce sexe profané que Valérie Ladès avait contracté, jusqu'à ce qu'il enserrât comme une main le couteau bien membré du Boiteux ? Le couteau ? Non ! Daria Laladès s'était déprise de ce cauchemar sexuel éveillé en laissant le Boiteux – récalcitrant à jeter toute sa gourme dans sa vulve – déborder la réalité du présent en éjaculant sur sa toison musquée, giclant sur son ventre, sur ses seins, jusqu'à son visage et sur sa langue qu'elle avait tirée pour gober le foutre, au lieu d'être peinte au couteau et enduite de papillons vivants ! Peu à peu, le souvenir de ce coït adultéré et celui de la verge excrétant le sperme sur le ventre haletant s'effaçaient au profit du réel obscur de la chambre d'hôtel qui sentait le sexe et la sueur. Daria Laladès avait les lèvres sèches, la bouche pâteuse, la langue lourde tout empreinte de ce goût âcre du sperme. Elle humidifia ses lèvres du bout de la langue et sentit qu'elle avait mauvaise haleine d'avoir trop bu d'alcool, trop clopé, d'avoir peut-être aussi trop sucé et pompé le sexe du Boiteux pour que *ça* lui sautât en pleine gueule ; mais pas assez *baisé*, pas assez dévoré l'autre, pas assez joui – c'était déprimant pour elle de penser que dans une toute petite vie très courte, sans lendemain, dont la logique n'était que de copuler, de boire, de bouffer, de pisser et de chier pour la survie de l'espèce, on n'arrêtait pas d'espérer le salut, de s'agiter, de se dépenser tous azimuts comme pour reculer le moment *sale* de la copulation. Daria Laladès baillait de fatigue. Elle souleva le drap taché de mouille et de sperme, se redressa sur le lit qui grinçait. Avait-elle trouvé celui avec lequel elle ne cesserait de copuler, d'égal à égal, frontalement, en acceptant le risque de vivre, l'étrangeté de l'autre, la mort et l'ordure. Elle en doutait. Pas ici, pas dans cette chambre sordide, où elle sentait Valérie Ladès derrière eux – sans parler du fantôme qu'elle sentait sous le lit à coucher. Elle voulait *baiser* pour exister intensément. *Baiser* pour creuser le vide. *Baiser* dans la vacuité. *Baiser* avec une force radicale et brutale. *Baiser* au bord du gouffre de la mort. *Baiser* pour qu'un homme la vide de toute son énergie. *Baiser* pour être techniquement une amante audacieuse. *Baiser* pour éclore et se dresser comme une fleur vers l'énergie du soleil féroce. *Baiser* pour s'élancer vers cette absence de but. *Baiser* pour être dans le non-être de la scène originaire… *Baiser* ou Le Génie du lit à coucher : un acte de connaissance unitive ; un besoin physiologique et spirituel fondamental ; une conscience non verbale et une intelligence en arborescence telles qu'elles fonctionnent au niveau organique… Elle pivota sur le côté du lit et posa ses pieds sur le sol. Sa vulve exhalait comme les bêtes une odeur musquée et sauvage. Près d'elle le Boiteux, ensuqué, ouvrait les yeux. La lumière de la chambre d'hôtel était tamisée par le rideau gris-vert. Mais il discernait le grand corps nu de Daria Laladès, laquelle lui tournait le dos. Au milieu, entre la saillie des omoplates, il y avait une tache de naissance, de taille nanométrique, et figurant une espèce de papillon aux ailes déployées blanches et finement nervurées de noir : tel se montrait *Aporia crataegi*. Le Boiteux entendait Daria Laladès respirer lentement, bailler, lutter contre la fatigue et l'envie de se recoucher. Il observait les mouvements de la musculature de son dos, le dessin squelettique de la colonne vertébrale, le creux des reins avec leurs fossettes iliaques, les fesses délicatement grêlées enfoncées dans le drap... Malgré la demande impérative de Daria Laladès, le Boiteux n'avait pas eu le courage d'éjaculer dans sa vulve. Et cette lâcheté lui pinçait le plexus. Comme une piqûre d'aiguille. Avec Georgia, la pénétrer et éjaculer en elle, cela avait été une évidence insurmontable dans sa vérité scandaleuse. Mais il y avait eu entre Georgia et lui une transparence sexuelle irréfragable. Daria Laladès redressa la tête, et de sa main droite elle ramena sa longue chevelure filasse vers l'avant, contre sa petite poitrine, offrant sa nuque duveteuse, ceinte d'un ruban rouge tranchant, au regard bleu acier du Boiteux. Puis elle se redressa. Ne pas regarder l'amante qui se confondait vers celles qui n'étaient plus là. La silhouette aux flancs arrondis, qui s'effaçait dans l'obscurité de la chambre, halait de la boîte crânienne du Boiteux la douleur de la séparation sexuelle – mort symbolique ? – d'avec Valérie Ladès à la sombre chevelure. Avec elle, le Boiteux avait voulu danser au bord du monde sans filet. Il avait cru qu'en plongeant dans son ventre il atteindrait le *réel*. Pourtant il avait bien vu dans son regard qui faisait peur et dans le mouvement de sa langue fine et retorse autour de sa verge qu'il se trompait. Pourquoi était-il allé vers ce qu'il ne voulait pas ? Pourquoi allons-nous vers ce que nous ne souhaitons pas faire ? Il ferma les yeux – n'osant s'avouer avoir péché par orgueil. Derrière l'ombre rassurante de ses paupières, le

Boiteux entendait Daria Laladès se déplacer vers la porte, laissant dans son sillage une odeur de sueur fraîche mêlée de musc sexuel.

Le Boiteux devinait, parmi les flammes de son chaos psychique, deux femmes : Valérie Ladès et Daria Laladès, crûment nues – au sens qui ouvre à l'angoisse du désir –, l'une l'autre bouches ouvertes, dents menaçantes, seins arrogants, l'une et l'autre chaloupant côte à côte jusque dans le lit à coucher, où le Boiteux mettait en scène et en chair tantôt l'une, tantôt l'autre, l'une lui susurrant « n'aie pas peur », l'autre « vas-y, ça ne fait pas mal », de l'une à l'autre figure maternelle réincarnée, l'une après l'autre Jocaste pendue, prendre tantôt l'une, tantôt l'autre pour tenter de dévitaliser la puissance opératoire de la mère bicéphale, l'une et l'autre le branlant sur le cadavre d'icelle, et l'une avec l'autre pluie liliale de sperme profanateur, l'une à la suite de l'autre prenant en bouche la verge pétrifiée, les mâchoires voraces de l'une la tranchant net, et celles de l'autre tranchant les testicules, l'une puis l'autre couvertes de sang et de sperme, visages de l'une et de l'autre, yeux phosphorescents, parlant d'une même voix :

> Tu ne me posséderas pas.
> Tu ne me reproduiras pas.
> Je ne procède pas de toi.
> Je suis hors de toi.
> Dehors !

Panorama sur la Start-up-nation. L'horizon était voilé d'hydrocarbures. Sur la vitre de la baie de son nouvel appartement, se reflétait Valérie Ladès toute nue. Elle jouissait de sa beauté sans limites et de sa jeunesse inépuisable. Elle accumulait l'énergie solaire en vue d'un accroissement continuel de son capital beauté Corps Zéro Défaut®. Et cette richesse accumulée ne servirait à rien d'autre qu'à cette destruction médusante de la loi de la chair sur la scène de l'écran de contrôle noir et globuleux. Valérie Ladès y tournerait derechef à son profit la peur de son sexe – la vacuité de sa vulve était sale – la peur soudaine de l'orgasme au moment de l'atteindre – la scène du viol originaire était stockée dans son corps – faisant ainsi de tout rapport vaginal avec l'autre sexe un dysfonctionnement, une pathologie qu'elle prendrait plaisir à détruire totalement en imposant un modèle de substitution grâce à l'orthodoxie idéologique de l'écran de contrôle noir et globuleux. À l'image, comme dans l'intimité du lit à coucher, elle était une *sale chienne de guerre* calculatrice, ouverte à la concurrence et avare de son énergie qu'elle ne dilapidait que lors d'une sexualité anale, dont la fermeture et la rigueur correspondaient aux codes d'un libéralisme économique d'accumulation, en vue d'aider les femmes, liées aux valeurs productives, à se transformer digitalement, à devenir une vraie valeur économique, une variable d'ajustement garante d'un bonheur rentable dans l'avenir d'une nouvelle vie, au sein d'une société parfaitement fluide à la mondialisation libre et non faussée du dogme "Anus The Other Vagina". Les champs de bataille du monde étaient passés des vieilles puissances au corps stérile et bourgeois de Valérie Ladès, startupeuse nazifiée bien charpentée qui avait structuré son pouvoir dans la sphère cognitive d'elle-même, pour que toutes les choses correspondissent à sa vision du monde, pour dévitaliser le sexe et pour s'efforcer d'anéantir ses actions sexuelles au moment même où elle les exécutait. Bouc émissaire souffrant volontairement, elle savait que le sexe anal allait avec la croix et qu'une *hardeuse* pouvait être très utile en représentant les intérêts de la Start-up-nation à laquelle elle appartenait. En grande spécialiste de l'érection, Valérie Ladès provoquait des hausses monumentales sur les marchés financiers – dont la grammaire et l'arithmétique étaient politiques : raisonner à court terme ; revendre sans cesse ce que l'on avait acheté. L'heure n'était plus à l'émotion mais à l'action pour accroître sa capitalisation à vue d'œil anal. « Je vis et pourtant ce n'est pas moi, mais Corps Zéro Défaut qui vit en moi » se disait à part soi Valérie Ladès, le regard froid et impassible fixant, à travers son corps nu reflété sur la baie, les tours ferrugineuses qu'elle dominait. Par instant, ses yeux charbonneux se révulsaient sous les effets de la boulette d'opium qu'elle s'était enfoncée dans le rectum. Dès lors ressentait-elle un mâle implacable, tout en muscle et qui exprimait son excédent d'énergie en détruisant en elle toutes les mauvaises odeurs, calories et autres toxines. Elle sentait qu'elle avait au cul des couilles d'une insolence dédaigneuse, et qui lui imprimaient dans sa chair élastique la haine du corps. La verge anale s'enfonçait en elle comme lorsqu'elle enfonçait l'aiguille dans le corps d'un papillon crépusculaire. Un flash bleu sous ses paupières closes la fit sursauter ! À l'intérieur de chacune de ses fesses, la haine lui sculptait un fessier lisse, ferme, luisant, rebondi et potentiellement très agressif. La haine lui redessinait une vulve mince, étroite, glabre, policée et symétrique, avec des lèvres fines et un clitoris invisible. La haine lui brassait l'esprit, remettant à jour les tabous et les injonctions sociales Zéro Défaut qui l'encourageraient à réprimer tout plaisir sexuel n'ayant pas pour but l'accumulation d'un Capital Beauté en vue de sa destruction ciblée, rentable et réversible. Enfin, la haine l'émasculait en lui évoquant d'irrésistibles fantasmes de sodomie pénitentiaire. Sûre de sa magnificence retrouvée, Valérie Ladès s'éloignait de la baie vitrée. Elle alla s'asseoir sur le tapis occidental noir et tira à elle son matériel épilatoire. Son corps sculpté, d'aspect juvénile et stérile, devait toujours être intégralement épilé, car le poil rebelle ne cessait jamais de pousser. Elle avait enduit ses aisselles, ses longues jambes fuselées, son pubis et son entrecuisse d'une cire blanche qui était brûlante. Elle aimait cette exquise douleur, car elle était annonciatrice de pureté. Les jambes écartées, elle retirait la cire, arrachant le moindre petit poil de chaque jambe ; puis du maillot. Se faisant, elle se revoyait ainsi, dans l'ancien appartement qu'elle avait partagé avec le Boiteux, assise nue sur le sol du salon aux murs de velours noir, en train de s'épiler la vulve et annonçant au Boiteux, qui venait d'entrer en claudiquant, qu'elle avait pris la décision de sortir de sa petite vie névrotique. « C'est fini ! » Et elle le revoyait, sa petite gueule d'Œdipe dépité, s'accroupir en face d'elle et regarder sa fente, nette et policée comme il la voyait dans l'écran de contrôle noir et globuleux. Elle, là, les jambes écartées, sa nudité exposée niant sa présence. Elle, là, comme dans l'écran de contrôle : s'en approcher tout près, de plus en plus près, mais sans jamais pouvoir l'atteindre, ni la toucher, ni la sentir. Elle, là, toute nue, devinant, sans le regarder en face, qu'il éprouvait douloureusement encore du désir envers sa personne. Sans relever la tête, en continuant de s'épiler la fente vulvaire, elle lui avait demandé de sortir.

Laissant derrière elle son passé décomposé parmi les morceaux de cire tout incrustés de poils, d'un pas nonchalant elle s'avançait vers une commode. Elle contourna une chaise renversée, évita des débris de verre. Traces de lutte visibles de-ci de-là. Elle s'assit face à la commode, au-dessus de laquelle elle avait accroché quelques cadres de papillons – et sur la marqueterie noire de celle-ci, elle avait violenté Daria Laladès, la main outillée vicieuse la pénétrant en une position humiliante, jusqu'à la faire gémir comme une bête à l'agonie acceptant qu'on ait la main sur elle, cette main qui tue et qui ordonne la transcendance de l'outil en arme ; mais Valérie Ladès avait surpris son reflet méconnaissable sur les sous-verre des papillons crépusculaires, ce qui eut pour effet de neutraliser son agir : elle laissa choir au sol Daria Laladès nue, lui murmurant « Excuse-moi ! Excuse-moi ! Mais c'était pour ton bien ! »

Valérie Ladès s'admirait dans un miroir. Elle se souriait – en filigrane apparaissait à son insu sa tête de mort. La haine du corps ne suffisait pas à elle seule pour se construire un Capital Beauté. Il fallait agir, enfourcher la haine pour combattre et atteindre l'excellence. Une valeur faciale. Dès lors, à l'aide d'un morceau de coton, qu'elle imbiba d'un lait nourrissant et hydratant Corps Zéro Défaut®, elle graissa son visage ; d'un autre sa gorge ; d'un autre chacun de ses seins... La crème défensive – qui n'avait pas d'autre fin que l'arrêt du temps – fondait littéralement sur la peau, effaçant les rides, les taches, les plis ; apportant plus de fermeté ; défroissant et défripant le décolleté ; polissant et regalbant les seins ; lissant et satinant le visage. Ensuite, elle s'attaqua au blanchiment de ses dents à l'aide d'une roulette multifonction SculptureDuCorps. Jet d'air comprimé mêlé d'une solution anti-âge, purifiante et antiseptique. Elle en éternua ! Cet astreignant travail cosmétique d'entretien et de rectification de tout le corps devait s'effectuer quotidiennement, sous peine d'effondrement général de tous les acquis. L'Utérus Artificiel™ allait libérer du temps, permettre aux femmes d'être transformées en image, de jouir de cette image, de la contrôler et de l'entretenir jusqu'à passer de l'image à l'icône grâce à de nouveaux produits qui ne cesseraient d'envahir le marché en flux tendus – la croissance, c'est au 2/3 de la consommation. Valérie Ladès se baissa pour ouvrir un tiroir de la commode. Elle en sortit des bas de soie noire haut de gamme. Elle se releva, posa son pied droit sur la chaise, enfila le bas et le déroula avec soin le long de sa jambe fuselée. Elle fit de même pour l'autre. Ensuite elle prit une bombe aérosol Soutif-Cosmétic-Universel de Corps Zéro Défaut® et s'en vaporisa les seins. Les actifs micronisés, à pénétration supersonique, se déposèrent sur la lourde poitrine en une fine pellicule élastique. Elle fit pénétrer la substance d'un massage enveloppant et circulaire sur chaque sein. Ainsi l'effet tenseur, combiné avec celui de soutien, la dispenserait de soutien-gorge. Puis, d'une main experte, elle s'attaqua à la peau d'orange de sa croupe, lissant chacune des fesses avec une crème qui remodelait, tonifiait et raffermissait les tissus. Elle soulevait l'épaisse peau grêlée ; puis la faisait rouler sous ses doigts, avec une certaine douceur, afin d'éviter de la traumatiser. Une fois tous les capitons disparus au cœur de l'épiderme, elle saisit une petite seringue. Elle s'enfonça l'aiguille près du nombril et s'injecta un liquide lipophobe qui se répandit dans les tissus du ventre pour y brûler la graisse sans chirurgie. Après une Détox vaginale et anale, puis s'être introduit une boulette d'opium dans l'anus – ce qui avait pour effet secondaire de la faire chier sans odeur –, elle enfila une longue robe de vinyle noir, sans aucune couture, ni fermeture éclair, et qui lui moula son grand corps comme une seconde peau toute luisante et d'une douceur au toucher inimitable. Ainsi vêtue se sentait-elle prête à riposter à toute agression envers son corps en émettant, depuis sa robe augmentée, des substances répulsives, antivirales et bactéricides ; à être en permanence en état d'alerte pour détruire les odeurs corporelles et sécréter des actifs cosmétiques tonifiants et remodelants. Avec son œil intérieur – juge et maître impitoyables – elle se regardait en train d'avancer en ondulant dans sa robe luminescente vers une table en verre, sur laquelle se trouvaient pêle-mêle un petit sac d'aspect couleur peau nue, une boîte pleine de papillons vivants, des bouchons de liège, des petites seringues usagées et divers papiers administratifs de la Brigade Sanitaire et Cosmétique, parmi lesquels traînait un polaroïd. Valérie Ladès le regardait d'un air sombre. Le polaroïd représentait le Boiteux nu, les jambes velues écartées et la verge en érection découpant l'arrière-fond noir. La découverte de cette image dans les affaires de Daria Laladès avait provoqué une violente mise au point entre elles. Pourtant, Valérie Ladès avait quitté, depuis bientôt dix mois, la petite vie névrotique du Boiteux, au prétexte que celui-ci refusait de cesser d'éjaculer dans son ventre. Depuis lors elle s'était installée avec Daria Laladès dans ce nouvel appartement aux murs doublés de latex façon muqueuse rectale. Très vite, Valérie Ladès reprocha à sa colocataire de ne plus être très disponible pour elle ; que ses histoires de sexe étaient des voies sans issue ; qu'elle gaspillait son énergie et son Capital Beauté ; qu'elle se laissait piégée par la simple satisfaction compulsive du désir ; et qu'en refusant l'anus comme nouveau vagin, elle s'exposait à un comportement sexuel dispendieux et nuisible. « Le sexe anal, c'est la bombe ! Le vagin, ça ne marche pas ! C'était bon pour les femelles hors-la-loi ! » affirmait Valérie Ladès. Jalouse à en crever, elle avait fini par fouiller dans les affaires de Daria Laladès, voulant savoir, voulant comprendre le pourquoi de cette vie sexuelle débridée, jusqu'à tomber sur ce polaroïd du Boiteux, nu comme une larve en pleine mutation. Daria Laladès, le cœur battant chamade face à cette figure de l'autorité qu'incarnait Valérie Ladès, lui révéla que le Boiteux, avec sa bite bien raide, à défaut de la faire *femme*, qui plus est libre et épanouie, elle en convenait, la faisait néanmoins un peu *autre*. Elle avait bien conscience qu'en *baisant* ainsi – mais pas seulement avec le Boiteux – elle risquait de perdre toute crédibilité vis-à-vis de la communauté Corps Zéro Défaut®. Mais elle avait décidé d'attendre que le Boiteux, peut-être à travers elle, ou à travers une autre, ce qui était le plus probable, sorte de sa chrysalide et devienne un homme qui n'aurait pas peur de faire face à une aporie en *baisant* une femme sexuellement aventureuse. En riposte envers cette désagréable remontée mnésique, Valérie Ladès s'écria à haute voix « salope ! », ce qui chassa net le fantôme de Daria Laladès ; puis elle sublima le fiel de sa jalousie en déchirant le polaroïd en tout petits morceaux qui allèrent papillonner dans l'obscurité, y glissant lentement comme sur une eau noire, au bord de laquelle marchait le Boiteux.

Dans les rues désertes de la Start-up-nation marchait le Boiteux. Il ne reconnaissait pas grand-chose, ne trouvait plus ses points de repère. Il était désorienté. Au bout d'une avenue, qu'il découvrait, il voyait un étrange phare, avec à son sommet une espèce de grande hélice noire qui tournait, brassant l'air sec bruyamment. Ne serait-il pas dans un rêve ? L'impression de marcher sur un sol mou comme un pouffe rempli de microbilles, de voir des têtes de mort sculptées en lieu et place des plaques de rue, de se sentir capable de s'envoler – s'il le souhaitait – attestaient qu'il était bien en train de rêver. Il aimait cette pleine conscience particulière de se savoir dans un rêve et qu'il pouvait en sortir en se réveillant – comme on pouvait à l'inverse s'abstraire de la compulsion de répétition du social en s'endormant, voire en disparaître à jamais en mourant. La gêne qu'il éprouvait près de son oreille droite était sûrement dû à son oreiller sur lequel sa tête de dormeur devait s'appuyer. D'ailleurs, en glissant ses doigts auprès de son oreille droite, il palpait la forme sensible d'un bout de tissu épais, mais qui n'existait pas dans la réalité de son rêve. La difficulté, fugace certes, de marcher, de poser un pied devant l'autre, c'était tout simplement le relâchement musculaire induit par le sommeil – et le travail réparateur du rêve. En marchant, il tournait autour d'un vide sexuel, où chutait en cascade le désir envers Valérie Ladès disparue, et l'impossible de ce désir la faisait exister, la faisait être-là-vulgaire, femme sauvage simplement animale, une aporie crue, comme il aurait aimé qu'elle fût, et non pas Déesse-Anus qui n'avait pu éviter d'être transformée en image ancrée dans l'imaginaire national. En attendant de retourner vers l'anormalité de l'état de veille diurne, en ce territoire connu de la dictature technico-administrative qui avait la mainmise sur lui, qui procédait à des tests de bonne conduite sexuelle, il avait décidé, pour s'orienter, de suivre des femmes, lesquelles apparaissaient de-ci de-là. D'où sortaient-elles ? De quelle part maudite de lui-même s'échappaient-elles ? Il attachait ses regards sagaces, modelés par des millénaires de prédation, à leurs croupes redondantes empreintes d'une violente houle. Dangereuses oscillations de toutes ces fesses. Il les fixait telles des balises qui l'orienteraient et le mèneraient peu à peu vers la réalité terrestre scandaleuse. Les femmes marchaient dans le silence. On entendait aucune voiture, aucun bruit sismique, seulement l'air moite et musqué qui frémissait sur les notes profondes et mélodieuses d'un saxophone alto jouant *Georgia in my mind*. Emporté par cet air fantôme, le Boiteux se mit à suivre tout particulièrement une belle junkie à la chevelure blond cendré ramenée en arrière en queue-de-cheval et dont le balancement incessant fascinait. Grande tige, elle ondulait dans une petite robe blanche cintrée à la taille. Actrice – à son insu – du sexe – déchirement – de la rue, les yeux du Boiteux la taraudaient de toutes parts, comme des picadors s'enfonçant dans la bête nassée au cœur de l'arène de sang. Le Boiteux entr'ouvrait la bouche, laissant apparaître les dents, réflexe atavique de la manducation sauvage qui pansait son désenchantement, sa frustration sexuelle et surtout cette angoisse de la mort malement réveillée par le désir scabreux de la chair, par cette belle junkie violemment désirable pour la reproduction sociale du même. Mais le Boiteux savait que s'il osait aller l'aborder, lui proposant, par exemple, de *coucher*, elle lui répondrait : « Oui, Maître ! », tout enorgueillie d'avoir été traitée comme une proie sexuelle vulnérable. C'était souvent comme *ça* dans le monde sens dessus dessous du rêve. Mais dans le rêve on était toujours seul, on était tous les personnages et il y avait toujours un petit quelque chose hors-champ qui venait faire barrage à la pulsion, qui censurait le corps, lui imposait une sorte de détumescence dont il était, paradoxalement, très difficile de se départir tant elle était agréable sensuellement, puisqu'elle irradiait tout l'organisme, jusqu'à cet alentour d'irréalité où la belle junkie se déhanchait avec nonchalance, laissant osciller ses fesses plantureuses en mettant tout le poids de son grand corps en chacune d'elles. L'énergie féline de cette houle remontait l'échine dorsale vers la chevelure blond cendré qui battait la mesure sur le tempo des pas martelant l'asphalte mouillé du temps du rêve. Une odeur pourrie montait des égouts. Dans les ruisseaux stagnait une eau infestée de bactéries fécales. Au loin une mer hachée. Les violentes réverbérations sonores des talons aiguilles évoquaient, dans l'esprit onirique du Boiteux, des images jaculatoires d'un ballet funèbre de revolvers d'un gros calibre dévorant cruellement le monde. Et ce carnage sanglant venait subrepticement se calquer sur les fesses opulentes et pulpeuses de la belle junkie qui marchait devant le Boiteux, comme si elle – et toutes les femmes – en était coupable, la croupe en monstration dès lors matrice d'une pulsion sexuelle déjouée méthodiquement de sa nature profonde via le sadisme ambiant de la construction sociale d'une économie guerrière, déguisée en ordre naturel, et dont l'apothéose d'anéantissement dans le meurtre de masse était la fin. « Hum ! ça pue la testostérone ! » pensait à part soi la belle junkie en se glissant tête en avant dans un Yellow cab année 1977. L'œil sagace sur le qui-vive, le Boiteux entr'aperçut, avant le mouvement de fermeture de la portière, la croupe s'incurver délicatement en forme de sphère sous la petite robe blanche qui réfléchissait la somme de toutes les couleurs, vif éclat douloureux qui s'annihila aussitôt dans le tremblement de la matière. Travis, le chauffeur, regardait la belle junkie par le rétroviseur. Cette beauté froide, avec ses yeux sauvages cernés, ses petits seins qui pointaient haut sous la petite robe blanche, lui donnait l'envie de nettoyer la ville de toute sa souillure. Par la fenêtre, la belle junkie regardait le Boiteux s'éloigner vers le non-être de la mémoire. Le Yellow Cab traversait l'hypercentre, où sur des affiches pousse-au-crime, Valérie Ladès vendait sa force de travail : l'exploitation néolibérale de l'image vectorielle du sexe anal, violence rédemptrice et arme de guerre économique sans fin. De la vapeur s'élevait des rues à l'asphalte luisant comme une peau d'ophidien. Après avoir réglé la course, la belle junkie à la chevelure blond cendré s'engouffra au long d'un trottoir. Des hommes en col blanc, sortant de l'ombre des murs pisseux, l'approchaient, la sifflaient, l'insultaient, la suivaient, l'interpellaient… attirés comme des chiens de chasse à courre par cette femme qui osait aller à l'encontre des règles de la communauté Zéro Défaut pour cause de sollicitation sexuelle chez les adultes mâles. Poursuivie par la meute acharnée, elle traversait le désert d'une esplanade de ciment armé, l'asphalte des jardins rationalisés, l'oppressant décor architectural de verre et d'acier – où la fin de l'humanité était actée. Après avoir longé – non sans crainte – les gigantesques fesses de Valérie Ladès frappées de la préoccupation humaine des temps futurs, sculpture tout en béton noir gravée des noms des millions de soldats tombés sur les champs de bataille pour l'édification de ce monde au comportement social scruté, la belle junkie pénétra dans un vieil immeuble, dont la porte cochère rouge claqua derrière elle. Dans le hall, encombré de poubelles métalliques, d'un vélo et d'une poussette d'un temps ancien, elle s'arrêta face à une porte où elle sonna. Vint lui ouvrir une fille torse nu, amaigrie par la drogue – « Depuis que j'ai découvert le vide, je ne peux plus m'en passer… » – et portant un jean noir moulant. Elles se saluèrent en s'embrassant sur la bouche (il y avait une odeur d'éther dans l'haleine de la fille), puis la belle junkie entra dans un couloir étroit, aux murs gris écaillés. Elle suivait la fille sinueuse qui laissait dans son sillage une forte odeur de sueur. Les os sensibles sous la peau évoquaient le cadavre. Le jean noir moulant était délavé au niveau des fesses, et les poches arrière déchirées pendaient comme des bouts de peau morte. Les fesses étaient si étroites que lorsqu'un homme la coïtait *more ferarum* il devait avoir peur, comme le Boiteux, que le corps ne se fendît en deux telle une statuette. Elles entrèrent dans une petite pièce sombre, où se trouvaient plusieurs personnes, la plupart assises au sol. La belle junkie alla les rejoindre, laissant derrière elle la fille s'affaler dans un vieux fauteuil aux bras élimés. L'homme aux joues râpeuses, que la belle junkie embrassa sur la bouche, et avec la langue, était en train de préparer le matos d'un shoot. Pendant que la belle junkie relevait la manche de sa robe parfumée, l'homme aspirait avec une seringue usagée le contenu d'une petite cuillère qu'il avait préalablement chauffé à la bougie. Un autre, qui fumait consciencieusement un joint, demanda à la belle junkie si la fumée la dérangeait. Elle répondit d'un signe de tête négatif. De ses doigts longs et osseux, elle cherchait à son bras gauche garroté une bonne veine. Et la petite aiguille s'enfonça. Le sang reflua dans la seringue. La belle junkie propulsa la substance dans la veine. Adossée au mur vert décrépi, elle regardait un homme qui fixait, sans bouger, une bougie allumée. D'autres personnes semblaient avoir la bougeotte. Être saisies de tics et de tocs. Certaines mangeaient des morceaux de viande avec les doigts. De la pièce mitoyenne, comme venant d'un autre monde, on entendait un lit grincer staccato et des gémissements scabreux explicites, ponctués de mots charnus et peu idéalistes. Au bord d'un vide, la belle junkie sentait maintenant la tenaille de la peur. Son cœur cognait vite, avec des ratés. Elle coulait doucement. En regardant autour d'elle ces étranges personnages à la recherche d'un royaume perdu, elle avait l'angoissante impression d'être dans un asile de fous, chacun enfermé positivement dans sa camisole psychique. L'autre type fixait toujours sans avoir bougé la bougie. Il resterait ainsi un très long moment, avant de s'effondrer en larmes, en proie à une crise de panique qu'il ne pourrait plus contenir. En attendant, la fille avachie dans le vieux fauteuil se caressait le bout d'un sein en regardant fixement un écran de contrôle noir et globuleux, sur le dessus duquel elle avait ventousé, pour en rire, un godemiché de vingt-quatre centimètres d'aspect très réaliste. Sur l'écran, elle voyait une jeune femme courir sur une plage en retirant ses vêtements hippies, plonger nue dans la vaste mer enveloppée de nuit bleue percée d'étoiles, puis nager vers le large après avoir crié au jeune homme ivre qui la poursuivait de venir la rejoindre. Du point de vue de la paix des profondeurs, le corps nu de la jeune femme se découpait sur la surface bleuâtre de la mer en une sombre silhouette voluptueuse. Sur fond de musique redondante anxiogène, un requin l'attaqua soudain. Les hurlements d'épouvante et de douleur, les mouvements violents de la jeune femme prise dans la gueule du requin, le corps balancé brutalement en posture opisthotonique, le rejet de la tête en arrière et le visage déchiré par la bouche grande ouverte de la souffrance venaient annoncer, dans un bouillon de sang et d'horreur, la fin d'une courte période de contre-culture pour un retour en l'état des choses : *statu quo ante.* Dans l'eau sombre coulaient lentement des morceaux du corps nu de la jeune femme : Pourquoi viole-t-on les femmes ? Pour marquer ce territoire – ce champ de bataille – de son *topos rhétorique* ? De ses *schèmes* ? Logique de guerre d'épuration ethnique ? Contrôle de la sexualité des femmes ?, car une société ne peut se reproduire qu'à travers leurs corps et avec la haine active de ceux qui les engrossent. Femme = Proie ; Femme = Piège ; Femme = Cible ; Femme = Matrice ; Femme = Instrument. Dans le vieux fauteuil, la fille, fascinée par l'écran qui créait de la valeur en travaillant de concert avec la mainmise qu'avait l'État policier sur le corps de toutes les femmes, se caressait le bout de l'autre sein, dur comme une pierre. En face d'elle, la belle junkie avait soulevé sa petite robe blanche parfumée, dévoilant la vérité scandaleuse de ses fesses opulentes et de sa vulve mouillée, dont elle écartait les lèvres velues pour faciliter la pénétration du godemiché ventousé sur le dessus de l'écran de contrôle. De l'autre main, elle tenait un joint. Tout en le fumant, elle faisait aller et venir le godemiché aux veines réalistes dans sa vulve qui coulait. Mouvement conjuratoire qui eut pour effet d'interrompre la retransmission. Sur l'écran de contrôle fourmillait un signal neigeux dont plus de 1% provenait de la première lumière de l'univers, rayonnement fossile qui traversait tout – grâce à l'énergie de la *Jouissance Féminine,* élément et principe à l'origine de l'éclosion de l'univers. La fumée bleue du joint sortait de la bouche chevaline de la belle junkie qui criait, qui hurlait la mort de Dieu sur le rythme de son sexe qui allait et venait sur le godemiché. La belle junkie se pencha plus en avant et les fesses opulentes s'écartèrent un peu plus sur l'anus, cette origine du *Nouveau monde*. La fille, fascinée par l'anus tout plissé comme une vieille peau, à l'odeur indicible annonçant l'anéantissement de tout ce qui est, se caressait les mamelons, durs comme la pierre, de chaque sein.

    La belle junkie sortait de la puanteur des toilettes, où elle venait de déféquer les morceaux digérés d'un animal tué en abattoir, et qu'elle avait mangé la veille avec des légumes verts en boîte. En ajustant sa petite robe blanche parfumée sur ses hanches et ses fesses, elle se faufila, comme une féline, dans le couloir étroit jusqu'à la chambre à coucher, de laquelle l'écho lointain d'esprits animaux l'attirait comme le vide. Elle posa sa main sur le bouton et ouvrit la porte noire squameuse. Elle entra. Odeur sauvagine ! « Ça sent le sperme et le cul ! J'adore *ça* ! » se réjouissait la belle junkie en refermant doucement la porte qui, comme les murs pisseux et les vitres sales de la fenêtre, ruisselait de la condensation des haleines des deux occupants. Elle sortit un appareil photographique qu'elle avait dissimulé dans un sac en papier kraft. Elle avait de longues mains nues et osseuses avec lesquelles elle préhendait habilement l'objet. Elle s'approchait du lit à coucher qui grinçait, transgressant pas à pas l'interdit de voir. Elle fixait sans ciller ces deux êtres indistinctement perdus dans leur vérité intime, submergés peu à peu par l'animalité et la promesse de la vie la mort. La belle junkie avait le visage cramoisi par la surexcitation ordurière de voir cette typesse échevelée cracher sur le père en crachant sur la verge ; et de voir ce type affamé cracher sur la mère en crachant sur la vulve toute béante du vide à l'origine des femmes et des hommes. La belle junkie était toute pénétrée par la violence pure et sans mesure qui animait les corps obscènes, sordidement enlisés dans l'acte de chair. Ses regards étaient irrémédiablement attirés par le velours duveté aux motifs violines des organes génitaux ; par l'afflux sanguin dans la verge conjointe à la vulve tubéreuse ; par la posture brute et viscérale des deux corps humains ; par les visages obscènes tout égarés… Elle aimait cette sauvagerie scandaleuse, cette volupté sans romantisme, décalée, brutale, scabreuse, vulgaire – car vulgarité sont nos corps. Cette sexualité interdite était belle, puisqu'elle ne visait rien d'autre que son propre épanouissement, sa propre explosion d'énergie, sa dilapidation sans mesure, sans limites, pour rien. Et sur le lit à coucher désordonné, ce couple clandestin entrelacé dans l'ordure de l'au-delà du Bien et du Mal, où il n'entrait rien de morale dans ces sexes gluants au bord du gouffre de l'être, ce couple d'amants clandestins aux reins solides et flexibles figurait un étrange palimpseste d'angoisse, d'horreur et de frénésie totalement abjecte, un état de nature d'une brusquerie et d'une intensité vestigiales dont la belle junkie voulait saisir la vérité crue, mais furtive, avec son appareil photographique. Elle canalisait toute sa tension nerveuse, tout son effroi, tout son dégoût, tout son vertige et toute son excitation sur le déclencheur. Elle morcelait cette nudité obscure tout en monstration. Une multitude de cadrages précis, cliniques, pour tenter d'appréhender, image après image, l'immonde de l'acte sexuel, toute son étrange étrangeté, toute sa violence dilapidatrice et contagieuse – dont l'énergie solaire était le principe. L'œil fasciné, dissimulé derrière l'objectif de très courte focale, la belle junkie faisait front à l'exubérance des organes génitaux de ce couple qui retournait, avec une obstination forcenée, à l'immanence d'où il provenait, la verge véloce s'enfonçant crûment dans la grotte vulvaire, tel un animal en mangeant un autre sous l'éclat inquiétant de l'*anus solaire*, dont la consumation aveuglante enveloppait la belle junkie dans ce monde perdu, comme la lumière fossile dans la lumière visible.

La belle junkie, tout en fusion avec son appareil photographique, surplombait le *réel* de cette *unio carnalis* dont l'énergie brute prenait racine dans la structure interne du clitoris de la créature femelle qui s'astreignait à se séparer – petit à petit – à s'arracher – peu à peu – de son semblable au pénis bandé. En poussant un hurlement primitif, la gorge déployée à l'égal des bêtes, la femelle, tout en sueur, le visage désaxé, la bouche asymétrique, le regard lucide et brutal plein de feu, se désaccouplait. Haletante, elle descendait du lit moite et musqué. Elle avait la chevelure cuivrée libre, en désordre, des seins puissants à la peau couverte d'un lacis bleu de veines, de lourdes hanches extrêmement larges, un ventre proéminent ceint de bourrelets et des fesses démesurées, bellement déformées par la cellulite et l'adiposité. La grosse vulve, limitée par le pli du ventre et les sillons des cuisses, ruisselait d'un liquide transparent, sans odeur. Toujours cachée dans l'obscurité du viseur réticulé de son appareil photographique, la belle junkie regardait cette créature comme si elle était sortie du ventre d'un animal sauvage qui gisait à ses pieds. Elle disparut du cadre, les fesses roulant comme les grosses vagues de la mer. Dès lors, la belle junkie cadrait le mâle, les jambes musclées et velues écartées, la verge gluante dressée et empreinte de brusques sursauts à chacune des giclées de sperme luminescent. L'œil aux aguets de la belle junkie fixait l'éjaculation dessillante. *Ça* s'élevait dans le *réel* immanent comme des protubérances solaires… Éprouvant violemment la carence, à l'instant où la belle junkie, qui s'abîmait dans la viscosité de l'origine, appuya sur le déclencheur, le mâle débandé cessa brusquement de respirer.

Bien que recouvert d'un drap blanc musqué et taché, parmi les plis ombragés, le Boiteux devinait en filigrane une femme tout de blanc vêtue, le visage caché derrière un appareil photographique avec lequel elle le découpait en petits morceaux d'images pornographiques. À chaque fois qu'elle appuyait sur le déclencheur, le Boiteux voyait la bouche de la femme s'ouvrir, la langue pointant entre les dents acérées pour la manducation sanglante. Une longue main osseuse et glacée venait glisser sur son poitrail velu tout poissé de sueur. La pointe d'un ongle écaillé de vernis rouge noir piquetait son plexus. Comme une piqûre d'aiguille. Puis la main cherchait à lui froisser tout l'intérieur du corps. Lui chiffonner ce qui lui restait d'âme vulgaire. La gorge lui brûlait. La bouche était sèche. Il avait soif. Il percevait le reflet de son corps nu sur la lentille bombée de l'objectif. Au-dessus, les yeux de la femme, grands ouverts comme si elle voyait le néant qui les séparait. Dévoré par la pulsion scopique qui avait faim de lui, à chaque obturation photographique, le Boiteux pénétrait, petit à petit, dans cette femme *obscura*, laquelle l'expulserait de ses entrailles par l'excrétion anale quotidienne. Le Boiteux se retourna sur le lit : il se retrouva face à sa propre tête tranchée net par la fermeture comme un iris du sphincter lors de la poussée anale. Tête coupée obscène ! Les yeux bleu acier sortis des orbites ! Les veines et les artères, qui débouchaient des lambeaux de chair du cou tranché, palpitaient doucement. D'entre ce fouillis gluant de vaisseaux et de nerfs, émergeait, de la moelle épinière, un beau squelette d'araignée aux pattes fines et plumeuses. Un papillon crépusculaire mort dans ses crochets, elle allait se dissimuler dans l'obscurité pour y manger sa proie. De l'artère carotide et des veines jugulaires internes et externes, le sang s'arrêta de couler dans le fleuve noir, où nageait à l'indienne Georgia crûment nue.

Le Boiteux ouvrit les yeux… Il lui paraissait être dans sa chambre d'hôtel, allongé sur un lit qu'il reconnaissait aux vieux ressorts grinçants. Le noir le plus noir l'enveloppait comme une peau sauvagine. Il sentait deux silhouettes se déplacer à l'entour. Dans la chambre d'au-dessus, il entendait une femme gémir : « Plus fort ! » Une chasse d'eau entraînait dans les conduits sonores son lot quotidien de merde, de pisse et de menstrues… Puis le silence… Une présence muette dans le couloir, sur le palier, derrière la porte noire et squameuse de la chambre musquée… Une présence absente… Le Boiteux se demandait à part lui s'il n'était pas de nouveau seul… Et dans la chambre d'au-dessus, il entendait la femme obéir aux schèmes de la société – qui *est* sexuelle –, en se mettant à haleter très vite ; puis à lancer des supplications pour stimuler les appétences de celui qui semblait se satisfaire d'avoir rendu folle cette femme au point qu'elle se frappait la vulve comme si elle portait la main sur la tête d'un enfant. Ce qui était copulation chez les bêtes devint sadisme et pornomachie chez les humains. La meute dressait l'oreille pour ne rien perdre de la curée. « Viens ! Montre-moi qui est l'homme ! Défonce-moi ! Vas-y ! Pitié ! Je t'en supplie ! Défonce-moi bien ! Je te vénère ! Ô ! mon Dieu ! Je te vénère ! J'obéis ! Je suis une chienne ! Une sale pute ! J'obéis ! Pardon ! Pardon ! Défonce-moi, je t'en supplie ! Pitié ! Pitié ! Pitié ! J'veux encore ! Encore ! J'te vénère pour *ça* ! Allez ! Allez ! la chose virile ! Fais la chose virile ! Plus fort ! Pitié ! Pitié ! Ô ! mon Dieu, j'te vénère ! »

Et le silence, comme si de rien n'était. Le noir collait aux yeux du Boiteux. Était-il dans le passé ? Le présent ? Le futur ? Ou bien était-il dans l'angle mort de la chambre à coucher sise au-dessus, le dos tourné à la croupe féminine marbrée par le coït et les claques, l'anus étoilé comme un soleil, la vulve ouverte sur une fontaine d'eau noire qui teintait l'espace et le temps d'obscurité profonde, où une bête hirsute poursuivait la lune pour la dévorer ? Peut-être était-il mort ? Tout simplement surpris par les crocs de la mort en plein coït ? Le *cri* de l'amante se perdant dans son souffle rompu ?

Le Boiteux ouvrit les yeux soudain... Il était allongé tout nu sur un lit d'hôpital. En face de lui, une infirmière tout en blanc, un ruban rouge autour du cou comme un trait sanglant, la chevelure, d'un blond cendré, ramassée en un chignon auréolé de mèches indisciplinées. Elle le prenait en photo – avec un vieil appareil *Orexis* – cadrant les jambes velues écartées sur le sexe en érection, telle une pierre barbare veinée de bleu et excrétant encore de grands jets de sperme dans l'obscurité, où brillaient les regards impitoyables et fascinés que l'infirmière portait sur l'éjaculation salace, odorant une vive odeur de sureau. Sous sa robe blanche médicale, serrée à la taille, elle sentait pointer son arrogante poitrine lactifère. Quelque effort qu'elle fît pour maintenir l'image pornographique au croisement du réticule de son viseur, l'infirmière était saisie d'un ravissement noétique vis-à-vis de la verge s'opiniâtrant à rejeter toute l'énergie solaire que le corps du Boiteux avait absorbée. Qu'elle eût aimé sentir gicler en elle cette part maudite de la réalité terrestre et stellaire ! Laissant sortir du réticule la gueule de catastrophe de la verge rompue, l'infirmière ne laissa pas d'expliquer au Boiteux qu'elle devait prendre soin de lui, afin qu'il gardât un bon souvenir, s'il devait revenir un jour... Le Boiteux débandait... Il se sentait oppressé... La gorge angoissée... Il avait peur... Son sexe se rabougrissait dans le sperme... Tout petit... Et son cœur d'hypocondriaque cognait dans sa cage d'os... Le

Boiteux murmura qu'il avait peur de mourir. Surprise par ce dire un peu lâche, l'infirmière lui disait qu'il devait mourir. Mourir à lui-même. Que cela lui serait nécessaire. La loi du cycle. « Étreinte toujours recommencée, toujours avortée… » chantonnait à voix basse l'infirmière, dont la silhouette filiforme se brouillait. Le Boiteux ne sentait plus ses jambes ni ses bras. Il était à bout de forces, discernant à peine l'infirmière qui photographiait son sperme, pour y appréhender l'image imparfaite de ces millions de spermatozoïdes cherchant désespérément un ovule afin d'y répéter le commencement de l'univers, lequel continuait d'éclore dans la nuit stellaire sous le cri des étoiles. L'image vaporeuse de l'infirmière se dissolvait dans le noir, où le Boiteux se sentait chuter. Il tombait. Il coulait. Il sombrait. Mais en même temps il avait la sensation d'être porté. Comme une chute au ralenti. Quelque chose de visqueux venait le chatouiller autour des lèvres. Il ouvrit la bouche et se rendit compte qu'il respirait, sans aucune difficulté particulière, l'eau noire. Tout autour de son corps, qui flottait doucement, se déplaçaient des ondes. Propagations brusques consécutives à une espèce de combat sanguinaire entre deux créatures vivipares. De sexe opposé ? De même sexe ? Qui était la proie ? Qui était le prédateur ? Le Boiteux ne distinguait rien. Ces combats lointains étaient invisibles pour ses yeux éteints. Dès lors il les ferma et il continua de se laisser entraîner dans les tréfonds de l'eau noire. Près de lui nageaient des morts. Il y reconnut Georgia, sous la pulpe ultra-sensible de ses dix doigts écartés comme ceux d'un aveugle. Il était apaisé de la savoir de nouveau auprès de lui. Il sentait les petits seins d'icelle durcir sous la froidure de l'eau noire. Il aurait voulu s'enfoncer dans le sexe velu de Georgia, longtemps, toujours, sans limites, pour aller plus loin dans le temps jadis. Dans le monde féminin d'avant le langage. Du bout des doigts, il palpait la bouche de Georgia ourlée de pourpre fané. Malgré l'eau noire, il sentait s'en exhaler le goût et l'odeur de la terre fraîchement creusée. Georgia lui demanda d'ouvrir les yeux, juste une fois…

Le Boiteux ouvrit les yeux doucement. Il était allongé tout nu sur un lit d'hôpital qui grinçait. Sur la table de chevet en acier chromé, il y avait une bouteille d'eau de source Léthé. L'étiquette représentait un petit papillon vert achronique. Près du gobelet blanc était posé un livre à la couverture verte[1]. Le Boiteux se redressa. Il massait sa nuque douloureuse en fixant son sexe rabougri. Sa bouche était sèche, sa langue chargée avait un goût de terre. Il regrettait d'avoir pris un *fix* avec cette blonde qu'il se souvenait avoir suivie dans les rues désertes de la Start-up-nation. Mais il ne savait plus s'il avait vraiment couché avec elle. Juste le vague souvenir de la croupe houleuse d'une vaste mer chargée d'écume. De l'obscurité humide. D'odeurs bruyantes. Du vide… à fleur de peau… C'était loin tout ça. Pensif, il se versait à boire. Il but abondamment. L'eau de Léthé était fraîche. Elle dénouait sa gorge angoissée. Il avait l'impression d'avoir dormi longtemps. Mais pas de rêves. La porte vitrée de la chambre s'ouvrit et une infirmière à la chevelure blond cendré entra. Elle déposa sur le lit des vêtements verts pour homme. Son corps élancé, vêtu de blanc médical, se découpait sur l'obscurité. Ses très longues mains et sa poitrine lactifère captaient le regard encore plein de sommeil du Boiteux. Il ne put s'empêcher de le remarquer, elle paraissait être nue sous sa blouse. L'infirmière lui demanda si tout allait bien. S'il avait apprécié la lecture du livre à la couverture verte. Il acquiesça, bien qu'il n'eût aucun souvenir de l'avoir lu. Elle lui raconta que ce livre l'avait fait pleurer. Sentiment irrémissible d'avoir raté sa vie de femme. Mais la société n'était pas faite pour vivre sa vie de femme, et encore

---

[1] « *De l'angoisse sexuelle au malheur d'Hiroshima* » de Pierre Angélique, Éditions Clandestines.

moins sa vie d'homme. D'où le malentendu des maux qu'elle soignait ici. Et tout en parlant à voix basse, avec un gant de toilette préalablement trempé dans une bassine remplie d'eau de source Léthé, l'infirmière lavait le Boiteux de la tête aux pieds enflés. Elle eut un instant de fascination pour les chevilles percées de tige de fer. Ils n'éprouvèrent l'un et l'autre aucune gêne lorsqu'elle lui nettoya l'anus conchié et le sexe souillé de sperme séché. Ce fut même quelque peu agréable – et régressif – pour le Boiteux. Après l'avoir séché en lui soufflant sur tout le corps son haleine chaude à l'odeur sauvagine, elle lui manucura les mains et les pieds avec de petits ustensiles appropriés. En découvrant la longueur de ses ongles des mains et des pieds, le Boiteux en vint à déduire qu'il devait être en ce lieu depuis bien longtemps. Ensuite l'infirmière essaya de le coiffer à l'aide d'une brosse de soins pourvue de soies de sanglier. La tignasse plumeuse était devenue si épaisse, qu'elle éprouvait quelque difficulté à lui donner une forme qui lui fût agréable. Satisfaite de son petit talent de coiffeuse improvisée, elle habilla le Boiteux de son habit vert. Fière, elle le regardait de la tête aux pieds, l'obligeant à tourner sur lui-même, comme un tour de piste, le complimentant sur son beau petit cul ; mais se sentant aussi dans la nécessité de le prévenir qu'en raison d'un alitement prolongé – consécutif à la maladie de la *Veuve Poignet* qui l'avait frappé de plein fouet lors de sa séparation de corps d'avec Valérie Ladès (dépassant les quinze queues par jour, il fut neurologiquement diagnostiqué *Grand Masturbateur*) –, il avait maintenant un taux de testostérone assez faible pour un homme encore dans la force de l'âge d'aller labourer le sillon fertile pour garder son autorité. L'infirmière chaloupa vers lui et murmura à son oreille (l'haleine était brûlante) qu'elle ferait l'amour libre et interdit pour faire évoluer sa vie dans la logique du vivant. Qu'elle aimerait qu'un type comme lui l'engrosse en bramant comme un cerf. Qu'elle ferait l'amour libre et interdit jusque dans la mort. Qu'elle serait libre et sauvage avec tous les hommes de bonne volonté sexuelle. Puis, paraissant se ressaisir, elle lui demanda si le fait d'être en train de mourir lui faisait toujours aussi peur. Sans attendre de réponse, elle retira les draps sales et musqués du lit et expliqua au Boiteux qu'il devait passer aux formalités administratives avant de quitter l'hôpital Conatus. L'État policier avait encore la mainmise sur lui. En riant, elle alla ouvrir la porte vitrée. Dans le couloir, elle balança le linge sale dans un grand bac. Le Boiteux remarqua sur un chariot des boîtes de métal, grillagées sur une face et pleines de papillons vivants. L'infirmière arpentait d'un pas cadencé le couloir, puis bifurqua sur sa gauche dans une salle de dissection. Le Boiteux s'arrêta sur le seuil de la porte. Le cadavre d'une femme nue était étendu sur une table d'autopsie. Une petite rigole sombre en faisait le tour et se perdait dans un siphon en acier inox avec grille inviolable. Le corps gris vert de la femme était sec, sans brillance. Seule la chevelure sombre prenait encore un peu de lumière. La peau, parcourue d'un lacis noirâtre de vaisseaux sanguins, avait épousé la forme des os et des dépressions. Une étiquette verte pendait du pied gauche. Bien qu'elle fût morte, le Boiteux avait l'impression de la voir respirer. Mais ses seins, comme son ventre boursoufflé, étaient durs et froids comme la pierre. Une cicatrice noire partait du haut du pubis buissonnant jusqu'au plexus solaire. L'infirmière, après avoir rempli une fiche de suivi médical blanche et perforée, alla vers la femme. Avec délicatesse, elle écarta les longues jambes décharnées et osseuses. Du sexe en Ô sortait une espèce de mèche de cheveux d'un beau noir d'encre, torsadée et attachée à l'extrémité d'un manche en bois posé sur la table. D'un sourire engageant, l'infirmière invita le Boiteux à prendre ce manche. Tout facteur d'inhibition ayant disparu, le Boiteux s'avança comme en rêve et saisit le manche. Sans qu'il ne fît un geste, la mèche de cheveux entra très lentement dans la vulve distendue, jusqu'à la base du manche. Et sans que le Boiteux ne fît un mouvement de la main, la mèche ressortit doucement. Et ainsi de suite. La main du Boiteux était comme guidée par le mouvement autonome du va-et-vient de la mèche de cheveux à l'intérieur de la vulve… Il aurait aimé voir le visage de la femme morte, car cette odeur qui s'exhalait lui rappelait celle de Valérie Ladès à la sombre chevelure, lorsqu'il lui léchait en vain les corolles fanées de sa vulve, tandis qu'elle lisait obstinément le journal National Zéro Défaut.

Le Boiteux marchait dans le couloir au sol marqué de flèches rouges et bleues. Il suivait l'infirmière, le regard accroché nerveusement à la croupe, dont les formes rebondies ondulaient sous l'étoffe chatoyante de la blouse médicale blanche. Ils avançaient dans le long corridor lumineux du mouroir, avec toilettes et douches se succédant de chaque côté et fermées seulement d'une porte souple en feuille de caoutchouc orange qui ondulait sous les courants d'air. Certaines se soulevaient au passage, découvrant un corps nu sous la douche, la peau hantée par le vieillissement. Plus loin, le Boiteux entr'apercevait une main s'accrocher à une poignée d'acier chromé vissée dans le mur, le maigre corps nu, ceint de plis, accroupi au-dessus d'une cuvette pour y déféquer. En accentuant la houle fascinante de ses belles fesses, l'infirmière affirmait dès lors au Boiteux saisi d'affliction, qu'il ne devrait jamais perdre de vue que dans l'angle mort de la vision ordurière de ces mêmes belles fesses frémissant comme de la gelée culinaire sous les assauts virils du coït, il y aurait toujours la puanteur, le pourrissement, la destruction, la verge détruisant ce qu'elle érigeait dans l'acte même de l'érection. La tête tournée en arrière, le front bas, elle regardait le Boiteux par en dessous, avec un air appuyé sur la vérité, riant avec éclat, la bouche carnassière parodiant la poussée anale d'un énorme étron en forme de phallus, qu'un essaim de mouches venait dévorer, tandis que dans le ciel tranquille se déroulait une bataille aérienne acharnée. L'infirmière poussa une porte de verre trempé qui se referma sur elle en couinant d'abord dans les aigus, puis dans les graves. Sur la porte, un sigle représentait une main ouverte blanche barrée du mot *exit*. Alors le Boiteux poussa avec anxiété très fort, et il ne quitta plus ce logo marqué au fer rouge sur les fesses de la fille erratique qu'il suivait là-bas, dans la jungle de la Start-up-nation. Son jean solaire moulant était comme peint à même la peau. L'ombre de la fille errait sur le macadam mouillé. Le Boiteux se fit doubler par un homme qui tenait devant lui un téléphone cellulaire avec lentilles optiques de haute résolution afin de capturer – sublimation du rapt et du viol – la croupe musclée de la fille erratique. Celle-ci avait dû sentir la prédation éclair, car elle se retourna brusquement sur le Boiteux au moment où le chasseur de fesses la dépassa. Le regard aigu non-humain de cette fille erratique figea sur place le Boiteux. Une brûlure vive irradia soudain sa joue droite giflée par la main gauche de la fille. Les grands yeux ronds d'icelle changèrent de couleur, une lumière sourde qui lui donnait ce regard lucide et brutal qui n'était pas celui d'une femme qui s'aliène dans l'*Autre*, dans l'*Objet* et dans le souci du temps à venir. Elle était la pulsion en personne. Indisciplinable. D'une beauté irrégrédiente. Doucement, la femme erratique porta sa longue main osseuse sur le pantalon vert du Boiteux, descendit au niveau du sexe qu'elle serra de manière impérative. Ne pouvant établir de *liaison libidinale*, c'est-à-dire une espèce de continuité entre la perception de ce corps féminin et sa représentation *interne* du corps féminin, le Boiteux ne reconnaissait tout simplement pas cette fille erratique. Seule la vérité nue et vulgaire de sa nature la reconnaissait : les membres tremblaient ; le cœur battait vite ; le *fascinus* durcissait d'angoisse pour retenir la main lourde et légère… Les grands yeux ronds de la fille erratique se révulsèrent soudain sur un autre espace-temps, où toutes les valeurs morales de la meute humaine, qui dissimulaient le *réel* et qui étouffaient les hurlements des meurtres originaires de la mégafaune jusqu'aux génocides industriels du 20ième siècle, s'effondraient comme du carton-pâte. Face aux yeux révulsés, une angoisse épiphanique dévoilait au Boiteux la civilisation humaine se structurant dans le sang du meurtre, puis se reproduisant avec l'ensemencement des femmes par le viol systématisé, un monde consanguin, aux valeurs cannibales et prédatrices, qui s'autoalimentait sans fin en dominant·e·s et en dominé·e·s, où l'économie comportementale façonnait les femmes et les hommes en les poussant dans la meilleure direction, dans le *droit chemin* pour s'adapter aux exigences du marché de manière infra-consciente, un chaos organisé et entretenu par l'État-policier et sa *Nudge Unit* rien que pour les intérêts des hommes et des femmes enlinceulées dans la logique du tout phallique, rien que pour y perpétuer compulsivement leurs impérieux besoins de conquête, de production, d'avarice, de calcul, de domination, de possession, de guerre, et ce en passant par le contrôle obsessionnel du corps des femmes, la guerre des sexes et des classes, la capitalisation des performances et des compétences, la destruction du savoir et l'ouverture à la concurrence de la chair à canon. Grossir ou périr. Et l'invention de la *vie sexuelle* n'avait pas d'autre but que de faire de la femme une proie pour la perpétuation sociale de la haine et de la guerre de tous contre tous. La *vie sexuelle* était une invention, une fiction politico-phallique, une compulsion de répétition qui arrachait les femmes à leur nature sauvage et qui les coupait en deux pour mieux les hystériser, les entraver et les posséder. En agrippant bien par les couilles le Boiteux, la fille erratique l'amena peu à peu dans la gravéolence d'un nulle part d'où il pouvait saisir toute la narration sociale converger vers le sexe de la femme : le rapport sexuel de force. La main lourde et légère toujours repliée sur les couilles, la fille erratique embrassait à pleine bouche le Boiteux. Elle avait un goût minéral. Au sein du mouvement gluant et régulier de la langue dans sa bouche, il appréhendait clairement la mort la vie ajointées d'égal à égal dans leurs différences et copulant au bord du gouffre de l'indéterminé, où le *réel* n'est ni masculin ni féminin ; ni fémininmasculin ; ni masculinféminin ; ni la loi du plus fort ; ni la loi du plus faible. Où le *réel* est tout simplement une énergie aléatoire d'esprits animaux. Où le *réel* est entre les cuisses de toutes les femmes : le risque de vivre à sens unique vers la mort. Où le *réel* n'est qu'une illusion fragile qui s'évapore dans le temps long du coït... La fille erratique léchait la bouche du Boiteux. Elle lui soufflait une haleine humide et musquée, pour lui donner l'ardent désir de venir la rejoindre dans l'incertitude du féminin disparu ; de se laisser envelopper par les ailes blanches finement nervurées de noir d'un *Aporia crataegi* qu'elle avait dans le dos et ainsi, face à face avec sa scandaleuse vérité, la mordre, la lécher, la sucer, faire le pire sexuellement, jusqu'à oser aller découvrir en elle toute la complexité de la structure du clitoris, voie d'accès sauvage à la nature de l'existant femelle – mais il faudrait au Boiteux traverser les strates d'un mille-feuille socioculturel pluriséculaire pour atteindre l'anatomie clitoridienne dans son essence pure et ténébreuse.

La bouche du Boiteux et celle de la fille erratique se séparaient doucement en halant chacune de leur côté de longues traînées de bave spumescente et très odorante. Le Boiteux continuait d'entendre la voix interne de la fille erratique. Il l'écoutait en regardant la brume sournoise se déplacer lentement, enveloppant toutes les choses d'un rideau gris perle qui cachait peu à peu le soleil de la vérité ; puis laissait remonter du séculier le kitch idéologique dans lequel il allait se mettre sous cloche en pénétrant dans l'Extalis, pour mater la sombre Valérie Ladès y danser toute nue la Durita autour de sa barre d'acier chromé. De la voir ainsi la hanche onduleuse, se plier en quatre et prendre la forme d'une croix gammée qui roulerait sur elle-même vers l'avant-scène du monde de la meute, cela le ferait peut-être bander, car sur cette scène-là elle était à tout le monde, tandis que dans le lit à coucher elle n'était à personne, puisque prisonnière d'une puissance d'enfermement pulsionnelle conçue et développée par Corps Zéro Défaut® pour refaçonner le collectif, et dès lors contrôler le corps, la sexualité et l'appareil reproductif de toutes les femmes qui s'identifiaient à Valérie Ladès sur les pornopublicités, qui modelaient leur pensée et leurs affects sur les fascinantes images carnivores de l'écran de contrôle noir et globuleux, lequel faisait tourner un modèle mathématique pour appréhender l'anus de Valérie Ladès comme *Mundus Novus*.

À l'entrée fascistoïde de l'Extalis, une ouvreuse seins nus, au visage masqué à l'effigie autoritaire de Valérie Ladès, marchait sur place comme un fantôme en distribuant des programmes que l'on devait prendre et lire obligatoirement avant de pouvoir pénétrer dans l'antre obscur d'où palpitait un bourdonnement sonore. « C'est la procédure ! » disait d'une voix molle l'ouvreuse, en tendant la plaquette de papier glacé. Dès lors le Boiteux la prit et la trouva telle :

ATTENTION !
CE SOIR, VIOLENCE LÉGITIME MASCULINE
ET ACTES SEXUELS DÉVIANTS NON SIMULÉS.
LA DIRECTION DÉCLINE TOUTE RESPONSABILITÉ
CONCERNANT LES RÉACTIONS PHYSIQUES,
ÉMOTIONNELLES ET PSYCHIQUES
DU PUBLIC ET DES PARTICIPANT(E)S.

Les yeux bleu acier du Boiteux se relevèrent sur le ventre doucement arrondi de l'ouvreuse, la peau lisse couverte d'un fin duvet, le noir interne du nombril évoquant la déchirure d'avec l'étant ; puis le regard erra sur les seins nus, durs comme le mutisme de la pierre et qui faisaient craindre le désir d'y porter la main prédatrice, d'y porter la bouche affamée. En claudiquant vers le corridor, le Boiteux traversait l'odeur de la chevelure de l'ouvreuse parfumée d'huile pétrochimique (elle détestait se laver les cheveux). Il n'osa pas se retourner pour voir à quoi ressemblait la croupe moulée dans le legging en vinyle peau nue, de peur d'éprouver dans ses tripes, à la vue du calibre des fesses où il n'y aurait plus trace d'un atome de sens moral mais seulement celui d'une brutalité obstinée et contenue, cette blessure ontologique de l'impossible. Alors il s'engouffra sur la pente descendante vers le bruit assourdissant de la meute.

Le Boiteux se faufilait dans la masse fauve comme au sein d'un labyrinthe. Il pensait à part lui qu'il y avait une éternité qu'il n'avait pas vu autant de personnes à la fois. Surtout autant de *femmes*. Il révisa son jugement : il y avait beaucoup de *jeunes filles* et de *jeunes femmes*, mais peu de *femmes*. Quant aux hommes, il les avait effacés de son champ de vision. Grisé par cette omniprésence du féminin (bien qu'il eût été incapable de définir le féminin en soi), il laissait sa pensée arborescente bifurquer vers une perception organique, scabreuse comme une fille sauvage, toute tendue vers l'impossible en retirant sa robe couleur *Aporia crataegi* tantôt flottante, tantôt moulante, toute vaporeuse et finement nervurée de nuit profonde. Avec flegme, le Boiteux déambulait dans un décorum au design néobrutaliste nazi, jouant des coudes parmi des corps suintant la sueur et qui se déhanchaient sur le rythme massacré et uniforme d'une musique froide et propre. Il avait une vision fragmentée de tous ces corps féminins : des seins fermes et élastiques se balançaient ; des croupes frémissaient comme de la gelée ; des jambes nues ou galbées dans des bas résille se croisaient et se décroisaient ; des chevelures odorantes étaient rejetées en arrière ; des hanches larges ou étroites chaloupaient sur l'infini… Au passage du Boiteux, des filles à la pupille dilatée lui tiraient une grosse langue chargée, certaines traversées de part en part d'un piercing en forme de clou christique ; d'autres filles, d'une main lourde, claquaient à tour de rôle les fesses adipeuses d'une femme qui ouvrait sa bouche chevaline pour y recevoir, sur la langue tendue avec voracité, une dosette de *Trachyte*. Et l'alcool coulait à flots. C'était étonnant de voir toute cette jeunesse s'y abîmer les yeux grands fermés et sans états d'âme. Comme si elle n'avait plus rien à perdre. Des filles faisaient gicler une liqueur de leurs seins qu'elles pressaient, remplissant des coupes à boire que des hommes se disputaient. Le Boiteux voyait de petits arcs-en-ciel de lumière électrique dans les jets drus jaillissant des seins. Sur les vastes murs noirs serpentaient des slogans en lettres blanches arrondies, bellement découpées au laser dans du carton plume. *"Supprimer l'éjaculation improductive"* – *"Assujettir le sexe à la loi"* – *"There is no alternative"* – *"Avec l'Utérus Artificiel, Corps Zéro Défaut® vous promet une origine glorieuse"* – *"L'Utérus Artificiel accouchera d'un nouveau monde"* – *"L'Utérus Artificiel est là pour booster le marché, la concurrence, faire grimper les marges"* – *"Anus : imago mundi"* – *"La sodomie reconstruit la valeur du travail"*

Le Boiteux s'adossa à une grille derrière laquelle une fille lascive ondulait des hanches qu'elle avait étroites. Une culotte emboîtante d'un rouge métallisé lui carrossait des fesses toutes rondes. Elle portait en sautoir une *Sainte Guillotine*. Le Boiteux avait focalisé son regard – façonné par des millénaires de guet et de chasse – sur une jeune femme au torse nu trempé de sueur. Une jupe crayon mi-longue en cuir noir lui sculptait une silhouette turgide. Les mouvements et l'énergie de son corps fascinaient. Sa chevelure lumineuse, d'un blond froid, était lissée vers l'arrière en queue-de-cheval basique et nouée avec un anneau de bois sur lequel étaient gravées de jolies lettres noires formant le nom *Épicasté*. Ses lèvres fines étaient saturées de pourpre. Son bras droit était tatoué d'un entrelacs de fines tiges feuillues constellées de minuscules papillons. Elle avait de longues et fines mains, aux ongles vernis de noir. Le Boiteux enviait les mains légères de cette jeune femme lorsque celle-ci lissait ses hanches, puis ses fesses musclées, laissant des traces de sueur sur le cuir noir. Il regardait les mains pour s'y conformer et ainsi ressentir en lui le contact de la pulpe de chacun des doigts et de chacune des paumes des mains qui caressaient la jupe de cuir dans laquelle il s'était subrepticement glissé – par cette façon de penser comme une femme enlève sa robe –, pour éprouver dans sa chair le corps immonde de cette jeune femme à la beauté scabreuse, au bord du déraisonnable. Dès lors, le Boiteux appréhendait-il la vulnérabilité intrinsèque de cette jeune femme, vulnérabilité dissimulée sous le masque social de la séduction féminine : enfermée dans la prison dorée d'une aporie masculine, souffrante, écartelée, désaxée, entravée, acculturée par la sodomie, toujours sur le qui-vive, au bord du viol, la jeune femme dansait lascivement, exprimant par les ondulations et les contorsions de son corps la construction sociale de la féminité, où les femmes n'auraient point de cesse qu'elles n'eussent séduit le phallus embusqué en elles.

« Avec l'anus Zéro Défaut j'obtimise !!! » criait la fille accrochée à la grille derrière le Boiteux. Celui-ci se retourna. La fille tirait la langue, ses yeux se mouvaient en tous sens ; puis sa bouche s'ouvrit comme une petite caverne de chair d'où s'exhalait une haleine musquée. Le Boiteux regardait les dents toutes blanches, prêtes à trancher dans le vif. Et la fille se remit à déblatérer des slogans appris par cœur : « "L'anus, l'autre vagin : un placement sûr et sans risques." "Avec Corps Zéro Défaut gagnez du temps sur le temps." "L'Utérus

Artificiel pour accélérer, pour faire la course en tête." "Le temps de la pédagogie est terminé : nous devons donner des perspectives sur les règles du jeu." "How to take me come ?" "How to fuck me ?" "I love it up in my ass !"»

La fille avait glissé une main experte à travers la grille, direction l'entrecuisse du Boiteux.

— You're in private domain ! lui dit-il.

— Quelles couilles !!! Il doit pas souvent rendre sa nature, hein ? Je peux te les faire claquer l'une contre l'autre ! Comme des boules de flipper qui roulent sur le tapis rouge d'un billard ! Je suis ici pour *ça* ! Je suis une virtuose en la matière ! Pour le plus grand bonheur de l'homme !

Le Boiteux prit délicatement le poignet gracile pour dégager la main de ce que celle-ci agrippait avec une emprise manifeste, disant à la fille que c'était peut-être mieux ainsi. Celle-ci fronça les sourcils et remonta sa main pour saisir derechef les couilles, affirmant que c'était bien mieux comme ça. Puis elle plaqua brutalement son torse nu contre la grille, y écrasant sa lourde poitrine qui se boursouffla d'une multitude de petits losanges de chair. Le Boiteux remarqua que la peau était toute lisse, comme du latex, comme le corps de ces petites poupées Hardie avec lesquelles les petites filles s'initiaient à la nouvelle économie du corps et exorcisaient leurs pulsions destructrices en chantant :

Le Capital comme Absolu !
Ça passe par le corps !

Détruire le collectif !
Ça passe par le corps !

Remodeler la société entière !
Ça passe par le corps !

Gagner l'Ordre et le Salut !
Ça passe par le corps !

Travail de modification de soi !
Ça passe par le corps !

L'avoir ou pas !
Ça passe par le corps !

Booster notre productivité !
Ça passe par le corps !

Renoncer à la démocratie !
Ça passe par le corps !

La pulsion autoritaire !
Ça passe par le corps !

Lâchant tout soudain les couilles du Boiteux, la fille lui demanda de lui tirer une belle langue pour qu'elle y déposât quelques gouttes de *Trachyte*. Quatre gouttes ! Ce fut plus que nécessaire pour franchir la grille le séparant de la fille en une sorte d'ellipse temporelle qui accéléra tout dans sa tête ; mais aussi sur la Terre, où désormais l'entropie allait de plus en plus vite, où une catastrophe cognitive à cinétique rapide se répandait irrémissiblement, où toute joie sexuelle s'éteignait dans la haine, où les devoirs d'obéissance et de neutralité s'étendaient même à la vie privée, où le corps social s'embourbait dans le bruit médiatique permanent, où la dénaturation des rapports sociaux aboutissait à une normalisation de l'humain, où le coït anal agissait comme un rouleau compresseur idéologique, où les femmes et les hommes et les animaux ne s'accouplaient plus, où la fougueuse ardeur de l'énergie ne circulait plus à la surface du globe², où l'humanité et toutes les espèces végétales et animales disparaissaient dans l'abîme, ce trou sans fond où s'enfonce la vague surgissante du temps.

Le Boiteux reprit connaissance dans les toilettes, avachi auprès d'une cuvette dégueulasse. Il y avait vomi tout son saoul. Sale goût dans la bouche. Il ne se souvenait de rien. Fallait-il oublier pour pouvoir vivre ? Fallait-il vivre pour pouvoir oublier ? Peu à peu, des bribes de ce rien : Au sol, qui sentait la mort, une fleur féline rouge, âgée de 13,5 milliards d'années, en train d'éclore doucement... C'était tout... Le Boiteux se redressa, baissa son pantalon vert et s'assit sur la cuvette, afin d'y déféquer le poisson-lune qu'il se souvenait subitement avoir mangé sur les fesses odorantes d'une infirmière toute contorsionnée pour le photographier la bouche pleine. Il sortit de la puanteur de la cabine, puis claudiqua jusqu'au lavabo entartré pour s'y rafraîchir. L'eau froide coulait avec abondance. La porte noire tout écaillée des toilettes s'entrouvrit et deux têtes de jeunes filles apparurent. Elles fixèrent le Boiteux un instant, le jaugeant de la tête aux pieds, puis, après s'être consultées d'un regard complice, elles s'éclipsèrent, laissant la porte noire tout écaillée se refermer, ce qui étouffa leurs rires puérils. Sur la porte, il y avait un graffiti : BAD GATEWAY. Le Boiteux retrouva les deux jeunes filles dans l'étroit corridor qui sentait le tabac froid et la sueur. Elles s'embrassaient à pleine bouche, main dans la main pour éviter de tomber dans les bras immenses du *réel*. Elles dégageaient une authenticité harmonieuse quasi animale. Leurs langues tournaient dans leurs bouches qui dissimulaient une vérité crue. Voyant latéralement le Boiteux claudiquer dans leur direction, elles se tournèrent vers lui. L'une d'elles, lèvres bleues toutes humides, lui dit, d'une belle voix cassée, qu'une *étrangère*, sexuellement aventureuse, avec un masque

---

² Le mot *planète* a été privatisé par Corps Zéro Défaut®.

de *sainte*, une espèce de *fille ordurière*, au-delà du Bien et du Mal, qui avait pris la place vide laissée par la mort de Dieu pour tendre vers l'impossible, et qui travaillait à l'écriture d'une enquête ontologique sur le sexe[3], était ici, en train de se faire sauter à même le sol, l'homme velu en position d'assaut derrière elle. Du sexe brutal ! Hardcore ! Mécanique ! Et vaginal ! Une transgression radicale ! Le Boiteux les écoutait, l'air inquiet et pensif. Leurs robes de cuir noir luisaient sur leurs corps graciles. Les deux filles allèrent se placer de chaque côté du Boiteux. Le crochant chacune par un bras, elles le conduisirent jusqu'à cette *étrangère* qui se faisait brutalement *prendre* en position *genu-pectorale* sur un matelas jeté à même le sol de béton cru. Parmi les bouteilles d'alcool étalées près du matelas, que le temps et les étreintes avaient souillé de macules et zébré de griffures, le Boiteux remarqua une robe de latex blanc et un costume-cravate vert – le même que le sien. Ce recoin sombre et malodorant était si sordide et sale que le Boiteux se demandait s'il était toujours à l'Extalis. La musique *hard power* grondait si puissamment qu'elle accompagnait d'un rythme métronomique et tyrannique la scène hétérosexuelle, tout en empêchant d'entendre explicitement celle-ci. L'acte de chair était muet. L'*étrangère* balançait en arrière, d'un mouvement compulsif de la tête, sa longue chevelure artificielle couleur pierre de sang. Elle avait un beau visage *vulgus* déchiré d'un éclat cru. Contaminée par une dynamique collective qui ne se maîtrise pas, elle avait perdu toute volonté au point de prendre l'indécence et la crudité d'une position sexuelle de soumission, à genoux, appuyée sur les coudes, les reins cambrés, les longues jambes musclées écartées en triangle, le dominateur phallique aux chevilles percées arc-bouté au-dessus de la croupe rebondie qui encaissait chaque à-coup, la tension contre-tendue se diffusant

---

[3] « *Le perdu sexuel* » Ontologie d'économie générale, Daria Sordidi, Éditions Clandestines.

en vagues successives dans le ventre contracté, d'où pendait du nombril un piercing éphémère figurant Jocaste pendue. Celle-ci, dans sa petite robe noire flottante, se balançait sous les flux et reflux du coït en scintillant d'une lumière sourde. Les regardants, debout auprès du matelas, étaient fascinés par l'angoisse ontologique qu'ils éprouvaient au contact de l'énergie contagieuse qui irradiait de l'étreinte. Ils étaient hantés par le mouvement compulsif de répétition toujours avorté du *fascinus* ; par les lèvres violacées de la vulve qui se plissaient et se froissaient comme des pétales mouillés ; par la bouche béante de silence de la femme sidérée ; par ses yeux fixes de bête traquée ; par sa tête tirée brusquement en arrière ; par les gifles claquantes sur les fesses ; par les odeurs sexuelles et corporelles ; par les petits seins durcis qui brimbalaient ; par la sécrétion utérine qui fontainisait de la vulve labourée ; par l'enflure des chevilles percées du mâle ; par la pénétration profonde et brutale qui évoquait ce fond commun originaire de la chasse, puis du sacrifice sanglant, puis de la dévoration de la viande, puis l'excrétion de celle-ci par l'anus... Lorsque le mâle montra les dents et sortit les griffes en éjaculant sa semence dans la nuit du vagin, la musique de la haine s'assagit, la femme sous puissance se retourna et découvrit quel était ce mâle violent qui, tout en fixant l'anus comme une cible de prédation, la baisait *a tergo* en l'agrippant par les cheveux et en lui claquant le cul. Elle s'écria :
— C'est toi le Boiteux !?

Elle se redressa, les jambes arquées pour regarder sa vulve buissonneuse dégorger le sperme sur le matelas. Puis elle releva la tête. Le Boiteux la reconnut :
— Daria !?
— Ce n'est pas ce que tu crois... C'est Valérie qui a voulu ça comme ça... Sans te reconnaître et sans que toi-même me reconnaisses... Je dois partir...

Elle ramassa du sol sa petite robe en latex blanc qu'elle enfila comme un gant sur son grand corps agreste tout claquant de sueur. Puis elle s'enfonça dans le couloir vers la sortie. Les deux filles tournèrent les yeux l'une vers l'autre. Puis l'une d'elles s'adressa au Boiteux :

— C'est ce qu'on appelle une voleuse de sperme. Vous en faites une tête ! Allez ! petit papillon, faut pas culpabiliser d'avoir pris un malin plaisir malsain à mater cette *étrangère*. C'est son boulot. Sans le savoir, elle en dit plus long sur la société que n'importe quel discours. Ça vous a plu quand même ?

— Oui... J'ai trouvé ça intéressant...

— Nous aussi... Et on aime bien *baiser* comme ça aussi, même si c'est mal vu par l'autorité administrative et par les Brigades Sanitaires et Sexuelles de Corps Zéro Défaut. Nous devons en profiter tant que ce n'est pas encore puni par la loi. Bientôt, lorsqu'on se fera dénoncées comme déviantes sexuellement, au bout de la deuxième fois cela sera considéré comme un délit passible d'un emprisonnement rééducatif dans les Fontaines de Vie.

— Je ne savais pas.

— On vous l'apprend... En attendant, nous deux, on aime la volupté interdite, l'aspect cru dans le sexe, le côté baise sans romantisme, sans idéalisme, baise pour la baise. Le côté bien vulgaire, bien dégueulasse et brutal, *ça* nous plaît beaucoup – vachement même. La trivialité et l'obscénité de l'ordure absolue comme manière d'être au pieu ! On aime aussi un peu de sauvagerie, jusqu'à demander qu'on nous tire par les cheveux, qu'on nous tienne la tête quand on suce et qu'on nous frappe très fort les fesses avec une... certaine violence... On aime les types qui dominent intelligemment et avec subtilité dans l'intimité. Et on aime les types qui adorent s'occuper de la chatte pour la faire mouiller... On va dehors ? Vous venez avec nous petit papillon ?

— Non... Je suis ici pour voir la dernière danse de la saison de Valérie Ladès.

— La hardeuse Zéro Défaut aux seins lourds ? C'est sûr, elle, elle n'a pas de problèmes de cul, puisqu'elle n'aime pas ça. Sa sexualité est fondée sur la morale de Corps Zéro Défaut : thésaurisation, capitalisation, calcul, projet, avarice, salut... On plaint le pauvre homme qui vit avec elle. Il doit avoir les couilles comme des boules de billard sur tapis rouge à force d'être obligé de se contenir, de ne pas pouvoir foutre tout son jus ni dans le cul ni dans la chatte de la *vertueuse*, pour qu'elle puisse ainsi travailler du cul, se faire trouer comme une sale chienne raisonnablement et utilement, en vue d'un résultat à venir, selon un principe de rendement de merde : augmenter son putain de Capital Beauté et Jeunesse. Accroître sa capitalisation à vue d'œil anal, nous on s'en branle. On se ruine et on se tue à baiser sans limites. On baise sans autre fin que de baiser. Et en ce qui nous concerne, nous, les mecs on les vide ! Et pas seulement de leur énergie ! On les dilapide ! On les avale ! On les bouffe ! On leur fait rendre leur nature ! Bref, on les rend joyeux ! C'est la fête... Tu veux pas venir avec nous faire la fête ? On sort dehors, dans la nuit secrète... Ici, tout le monde mate, espionne, prend des notes pour les Brigades... Ils veulent tous voir d'un seul œil d'où ils viennent : le viol... Allez ! Viens jouer avec nous. On a envie de voir ta petite gueule de papillon face à nos aspects les plus orduriers. En plus, t'es du genre électron libre à prendre le temps, d'avoir le temps pour toi, de ne pas pousser le temps, hein ?

Une topless, au corps athlétique qui suintait la sueur, arriva derrière le Boiteux, le prit à part et lui annonça à voix basse que Valérie Ladès l'avait chargée de l'informer qu'elle allait bientôt entrer en scène. Les deux filles se regardaient, amèrement agacées. Le Boiteux les salua :

— Bon... Ce sera pour une autre fois...

— Hier et demain sont les seuls moments où l'on ne peut rien faire...
— J'aime les plans *hop hop hop*... mais, vraiment... pas ce soir les filles.
— C'est une manière peu courageuse de nous dire que nous avons l'air de deux queues de billard frappant dans le vide !

Le Boiteux les regarda s'éloigner vers la sortie, toutes deux bellement ondulantes dans leurs petites robes de cuir noir. Avec un pincement douloureux au plexus, comme une piqûre d'aiguille, il éprouvait une sensation d'impuissance face à cette motilité irréversible du vivant, car une fois la porte de sortie refermée, chacun s'effacera l'un pour l'autre dans un oubli définitif semblable au non-être.

L'inachevé du sexuel.

En allant vers la table en verre fumé que la topless tout en sueur venait de lui pointer du doigt (elle avait un message imprimé à l'arrière de sa petite culotte noire : Ass The Other Vagina), le Boiteux ravalait son courroux. Valérie Ladès lui faisait encore une fois rater l'occasion d'exprimer sa nature profonde : être un homme angoissé qui couchait avec des femmes inquiètes, chacun évitant toute aliénation dans l'autre.

Une voix autoritaire montait des haut-parleurs :
— Spectateurs attention ! Lors de cet Acting-Out, vous allez trembler en regardant Valérie Ladès faire tout ce qu'elle désire avec son corps privatisé. Elle va vous taper dans l'œil et vous emporter au cœur de son jardin secret où résonne une guerre inexpiable dont elle seule a le secret. Regardez bien cette bombe néolibérale enfourcher le serpent de la chute pour faire ruisseler dans toute la société l'idéologie d'une consommation sexuelle anale libérée, virile, performante et respectant le modèle hétérosocial de la pénétration réceptive au féminin. Et n'oubliez pas que grâce à votre soutien sans faille, Corps Zéro Défaut est en train d'inventer une nouvelle culture sexuelle, où

l'esprit de compétition et le dépassement des limites individuelles seront fortement valorisés !

Le Boiteux s'était assis à sa table en verre fumé en plaçant son siège de façon à bien voir la scène. Lentement la lumière baissait dans la salle. Sortant de la ténèbre, Valérie Ladès à la sombre chevelure entra toute nue sur la scène. Elle tenait entre ses lèvres une petite feuille de papier blanc. Elle s'immobilisa face au public, fasciné par cette mise à nu inquiétante ; puis très vite pétrifié par le serpent qui sortait de la fente vulvaire pour aller s'enrouler tout autour du ventre... Grande, maigre, anorexique, Valérie Ladès imposait un corps fasciste, sculpté, intégralement épilé. Un corps d'une femme stérile, dure, disciplinée, dominée et policée. Tout le soi était devenu corps imprimé d'une seule volonté : le combat. Le serpent glissait nonchalamment entre les seins puissants. D'une magnificence vaniteuse, Valérie Ladès exprimait de la froideur. Une radicale distanciation physique. Elle avait le regard qui fait peur d'une *bourgeoise nazifiée*. La tête insertive du serpent ressortait d'entre les mèches de cheveux. Animé d'un mouvement de croissance qui ne pouvait cesser, le serpent se dressait lentement vers les cintres d'où tombait une lumière blanche chirurgicale. À mesure que le serpent devenait une barre de pole dance rutilante, des sons de percussions retentissaient. Une sonorité froide. Un tempo rapide, sur lequel Valérie Ladès ondulait avec une extrême lenteur. Tout soudain le rythme des percussions s'accéléra avec une violence croissante et le corps de Valérie Ladès se désarticula. D'une main impérative elle se frappa le ventre. Puis le sein droit de la main gauche. Puis le sein gauche de la main droite. Et elle recommença, plusieurs fois de suite, jusqu'à rendre rouge sang son ventre et ses seins. Alors elle se jeta sur le sol. En reptation, son corps nu luisait sous la puissante lumière crue. Rebondissant avec souplesse, comme soulevée par un fil, elle alla s'enrouler à la barre de pole dance. Rien que par la force des bras, elle souleva son grand corps perpendiculairement à la barre. Elle resta ainsi, immobile, horizontale par rapport à la barre, puisant toute sa force dans les applaudissements et les cris du public qui voyait dans cette croix d'acier et de chair le bonheur par la soumission, par le supplice et par la souffrance du corps haï. Défiant les lois physiques, Valérie Ladès se hissa très haut tout en restant dans cette position horizontale (la tête côté cour). Puis elle lâcha d'une main la barre, et par un jeu de bascule le corps remonta tête en haut, se stabilisa un instant pour ensuite basculer dans l'autre sens en allant s'immobiliser tête en bas. Progressivement Valérie Ladès écarta ses longues jambes en grand écart. La barre semblait la traverser de part en part, sortant d'un côté de l'anus et de l'autre de la boîte crânienne. Après s'être de nouveau redressée tête en haut, et comme si elle lâchait tout, elle glissa en vrillant tout autour de la barre jusqu'au sol, où sa croupe claqua avec un son sourd qui crispa le public. Elle se remit aussitôt en reptation. Lascive, elle frottait son bas-ventre sur le sol, y laissant des traînées humides et blanchâtres. Le Boiteux l'observait attentivement, se demandant à part lui comment elle pouvait fournir de tels efforts physiques en ayant toujours cette feuille de papier entre les lèvres. Valérie Ladès s'appuya sur les mains pour se mettre en position *genu-pectorale*, la large croupe orientée vers le public. Elle empauma la barre des deux mains, se cambra, puis donna des coups de reins brusques et explicites de façon à faire ondoyer comme de la gelée la vastitude de ses fesses toutes reluisantes de sueur, et sur lesquelles des faisceaux lasers projetaient une cascade de slogans chatoyants…

ANTIÂGE GLOBAL :
LA SOLUTION FINALE
POUR CORRIGER TOUT LE CORPS !

ÉLASTICITÉ, FERMETÉ, PLÉNITUDE
CORPS ZÉRO DÉFAUT®
LE FÉMININ AU PLUS QUE PARFAIT !

ANÉANTIR LA FAIBLESSE
POUR DONNER LA PLACE À LA FORCE !

DISTANCIATION, PRÉSENTIEL, DISTANCIEL,
PÉDAGOGIE, ADAPTATION…
LES MOTS DE L'AVENIR DU FUTUR !

LE CORPS STRICT DE VALÉRIE LADÈS
UN DES PILIERS DU RÉARMEMENT MORAL !

LA FEMME : UNE ESPÈCE MENACÉE D'ÉPUISEMENT.
UN MONDE NOUVEAU, UN UTÉRUS NOUVEAU !

L'UTÉRUS ARTIFICIEL
UNE CHANCE POUR TOUS !

TOUS ENSEMBLE
SOLIDAIRES ET RESPONSABLES !

PRENDRE, UTILISER, JETER !

MAITRISER LA DISCIPLINE CORPORELLE
POUR UNE SEXUALITÉ ANALE PSYCHOACTIVE !

CHANGER DE CLASSE SOCIALE
PAR LA DISCIPLINE DU CORPS !

ASSHOLE THE OTHER VAGINA :
UN EXCELLENT GESTE BARRIÈRE,
UNE LOGIQUE DE DISTANCIATION SEXUELLE !

Sans quitter des mains la barre, Valérie Ladès se redressa. Elle sentait sur elle la sidération silencieuse du public. Elle était dans la jouissance, car elle attirait le regard, elle attirait le désir, elle en mettait plein la vue aux autres femmes, ses rivales absolues. Elle effleura la barre d'une fesse lourde et légère, ensuite avec le ventre, puis avec chaque sein et dans la suite avec le pubis et l'autre fesse, ponctuant chaque contact sur les percussions brutales de la musique métronomique. La lumière clinique projetait des ombres errantes qui découpaient le corps et révélaient, dans l'instant fugace, une nudité originaire simiesque. Sans fatigue, luisante et ruisselante, Valérie Ladès se hissa très vite en haut de la barre, les fesses s'écartant sur l'anus orientées vers le public ; puis elle se laissa tomber comme une masse, glissant au long de la barre et atterrissant sur le sol les jambes bien écartées, rebonds élastiques du corps comme sur un ressort invisible, roulade en arrière avec croisement des jambes en ciseaux, bascule en levrette avec appui sur les coudes, jambes en triangle et agitation agressive d'avant en arrière de la tête, la chevelure sombre fouettant à l'entour. Valérie Ladès n'était plus que mouvement de violence. Tout en elle était en dehors d'elle. Sa conscience n'avait plus rien pour objet. Toute trempée de sueur qui giclait dans la lumière froide, elle faisait front avec ses brusques coups de bas-ventre contre le sol, et dès lors ne révélait rien d'autre qu'elle ne pourrait survivre qu'à la condition de développer sa toute-puissance et sa nature explosive.

Valérie Ladès s'immobilisa soudain. Elle ouvrit très grand la bouche pour reprendre le souffle qui semblait lui manquer. La feuille de papier blanc restait collée à la lèvre inférieure. Le public voyait avec effroi qu'elle avait une espèce de deuxième mâchoire aux dents puissantes. Valérie Ladès se redressa sur son séant, portant vite ses mains à sa gorge gonflée devenant rouge comme le sang. La musique ponctuait les soubresauts de Valérie Ladès qui paraissait s'étouffer. Penchée au-dessus du sol elle toussait. Une toux irrépressible. Des larmes teintées de mascara s'écoulaient sur ses joues. Elle crachait de l'air. La feuille de papier blanc ondulait au bord de sa lèvre sans se détacher. Peu à peu, de sa bouche béante à double mâchoire sortait un papillon bleu. Elle toussa, cracha, souffla… et il tomba au sol. Valérie Ladès, qui reprenait à grandes goulées sa respiration, tendit une main pour capturer le papillon bleu. Mais il s'envola. Il papillonna autour d'elle. Elle le suivait d'un regard noir. Le papillon bleu alla se poser plus loin. Il déploya ses grandes ailes mouchetées. Ses antennes plumeuses ondulaient dans l'air moite. Tout à coup, dans la main de Valérie Ladès debout, la barre de pole dance se transforma en une aiguille qu'elle pouvait tenir entre le pouce et l'index. Sur la pointe des pieds, elle s'avança vers le papillon bleu. Elle s'arrêta tout près de lui. Accroupie, elle brandit l'aiguille. Et sa main s'abattit, mettant à mort le papillon bleu sous les applaudissements, les sifflets et les huées de la salle. Valérie Ladès se redressa, laissant le cadavre du papillon bleu à ses pieds. Elle était fière. Elle avait réussi. Tandis qu'elle s'avançait vers le bord de la scène, l'aiguille plantée dans le papillon bleu reprit sa forme de serpent – lequel dévorerait le cadavre. Sous les applaudissements frénétiques, le public formait une allée où s'avançait la glorieuse Valérie Ladès. La hanche onduleuse, la poitrine puissante et arrogante en avant, les épaules en arrière, les bras le long du corps, ruisselante de sueur, le visage souillé de traînées noires de mascara, qui s'écoulait encore de ses yeux amande tout charbonneux, la petite feuille de papier blanc à la bouche, elle marchait vers la table du Boiteux. Sur son passage, des hommes lui tendirent une fille sacrifiée pour elle, qu'ils tenaient par les chevilles et les poignets, invitant ainsi Valérie Ladès à lui arracher son string noir. Une fraîche cicatrice rouge sinuait sur le ventre boursouflé de la fille. Son visage était dissimulé sous un masque de cire à l'effigie menaçante de Valérie Ladès. Celle-ci, sous les cris hystériques, arracha crânement le string noir, le jeta dans le public, puis regarda de l'entrejambe épilé et parfaitement symétrique s'enfuir une nuée de papillons crépusculaires. L'essaim s'éleva, tourbillonna comme une petite tornade avant de s'abattre sur les personnages. Une fille torse nu, les mains sur les hanches, était debout sur une table en verre fumé et exécutait une étrange danse du cheveu pour les chasser. Menue et sinueuse, elle avait belle allure. Sous les torsions de son torse nu, ses os saillaient, et ses petits seins satinés de sueur paraissaient exister de manière autonome et quasi animale. Ils défiaient les lois de la physique en permettant à l'esprit qui les contemplait de se déplacer dans le temps...

Une topless, qui puait la sueur fraîche, apporta un siège à Valérie Ladès. Celle-ci apprécia la froidure de l'acier au contact de ses fesses moites. Se tenant bien droite, elle était assise face au Boiteux qui tendait une main pour lui retirer ce papier blanc qui pendait toujours de sa bouche. En suivant des yeux la main, Valérie Ladès louchait vers la feuille. Il y avait un nom d'inscrit en bleu que le Boiteux lisait intérieurement : ÉPICASTÉ. Valérie Ladès, devinant son interrogation, lui dit :
— C'est le mot de passe pour avoir accès à ma chambre à coucher.
— Ce n'est plus Jocaste ?
— C'est la même personne qui te demande inlassablement : Est-ce toi qui m'as ensemencée ? Sinon, ça t'a plu ?
— J'ai trouvé ça intéressant... Tu ressemblais à une étoile noire à cinq branches, chaque branche enchevêtrée par cinq anneaux entrelacés, et cette étoile était tatouée sur l'abdomen inférieur droit d'une crucifiée s'opiniâtrant à ce que l'on voit le phallus en elle.
— Ça me fait plaisir ce que tu dis là... Vraiment... Ça me dilate mentalement l'anus... Tu sais... Je me rends compte

maintenant de ce que je t'ai fait traverser au moment de notre séparation sexuelle.

— Si cela n'avait pas eu lieu, je ne serais pas là où j'en suis actuellement.

— Et tu en es où ?

— Électron totalement libre qui a longtemps cru que ce qui était la fin du monde n'était en fait qu'une naissance.

— Si notre sexualité a été mal vécue, c'est parce que cela aussi devait t'arranger, voire te rassurer. On n'était pas sexuellement compatibles. Il n'y avait pas de *rapport* entre nous. Tu n'étais pas le dominateur dont j'avais sexuellement besoin.

— Tu l'as trouvé ?

— Je crois qu'il n'est pas encore né… Mais cela est une autre histoire… J'ai vu ton exposition – interdite mais tolérée – sur ces couples clandestins que tu photographies. Tu as peut-être du génie, mais, c'est tellement loin de mon idiosyncrasie, et contraire aux principes moraux Zéro Défaut auxquels je crois, que je n'ai pas osé te contacter. Ces images sont si… Comment le dire ? Bref, j'ai pensé que tu t'étais suicidé ! Rassure-moi : au pieu, je ne ressemblais pas à *ça* ?

— Non ! Tu étais une poupée anale nationalisante… Totalement dans le contrôle… dans le geste barrière de la sodomie… et en demande d'autorité… Par contre, dans *NO ALTERNATIVE*, c'est comme si… tu *criais*…

— C'est différent. Ce n'est pas ce que tu crois. C'est la guerre en société par d'autres moyens, une communion nationale sous forme d'eucharistie virtuelle pour renforcer la cohésion de toutes les forces productives. Le régime pulsionnel anal ne prescrit rien d'autre qu'une mise à mort rituelle non sanglante.

— Ouais… Je me demande s'il n'y a pas dans tout ça l'aveu inconscient d'en finir radicalement une bonne fois pour toutes avec le monde vivant, charnel, carnassier…

— Tu crois tout savoir ! Tu veux retourner à l'âge des cavernes ?

— Pourquoi pas !
— Pour me foutre en cloque et déformer mon corps ? Pour me fourrer par la chatte sans cesse et sans me demander mon consentement ? Mais maintenant, non seulement la peur a changé de camp, mais le corps des femmes c'est privé ! Nada !
— Quand nous nous sommes rencontrés, nous avions une grande complicité sexuelle.
— Grande ? Fallait que je trouve le moyen de t'atteindre, et le sexe – primordial pour toi – en a fait partie. Il fallait que tu entres dans mon jeu d'opposition systématique à moi !
— Séparer et opposer femme et homme ?
— Pas seulement. Saisir que le vagin, n'ayant plus rien pour objet, ça ne marche plus.
— Et Daria là-dedans ?
— C'est une *étrangère*, rien d'autre. Une espèce d'*hors-la-loi*. Une *barbara* qui offre son corps à tous les hommes de la Terre. Je te l'ai mise dans notre lit à coucher pour mieux me séparer sexuellement de toi. Tu ne m'étais plus d'aucune utilité puisque je t'avais pris tout ce dont j'avais besoin pour me sentir psychoactive. Je t'ai pressé comme une poire et toi tu trouvais cela normal puisque tu voulais jouer avec moi dans la cour des grands. Je t'ai jeté Daria en pâture et tu as mordu dedans à pleines dents.
— Elle te ressemble physiquement tu sais, surtout au niveau du visage. C'est frappant !
— On nous prend pour des sœurs. J'aime ainsi avoir encore une ascendance sur vous deux, comme un fantôme. Quand vous êtes au pieu, je suis là entre vous deux, et je tourne le couteau dans la plaie, j'adore ! La rendre jalouse, j'adore ! Lui faire peur en lui affirmant qu'il n'y a plus qu'un seul orgasme – l'agonie anale –, j'adore ! Savoir que lorsque tu la viandes, tu crois me viander moi, j'adore ça ! D'ailleurs, elle raconte que lorsque tu la prends, il y a comme de la haine.
— De la haine ?

— Oui ! De la haine… Et tu en as eu la démonstration tout à l'heure.
— Tout à l'heure ?
— Sur le matelas… Tu crois que je n'ai rien vu ? La haine est le moteur auxiliaire de ta sexualité, que tu le veuilles ou non. C'est ainsi. Et que tu le veuilles ou non, tu me verras toujours me balancer, pendue au bord du nombril de toutes les femmes que tu sauteras, point barre !… Et Daria, que dit-elle de moi ?
— Que tu es froide et calculatrice. Que tu ne vis et ne sais dialoguer que dans la mécanique du rapport de force et en mettant du même côté le féminin, l'animal, le dominé. Que dans le lit à coucher tu n'es jamais dans le présentiel, mais dans le distanciel, comme lors du face à face entre le public et l'écran de contrôle où tu privatises la relation sexuelle...
— J'aime ça ! Je veux être une nana qui porte ses couilles ! Les gens veulent voir que mon corps c'est de la logique de guerre, même lorsque je me fais prendre le petit dans l'écran de contrôle… J'suis comme une bombe ! Et ma pénétration anale à flux tendu est le lieu central de la nouvelle construction morale de soi. Elle implante en nous tous un arbre décisionnel qui refaçonne l'humanité… Hum ! Je sens des signes d'impatience dans tes jambes. Et je vois ton œil de vautour spéculer sur les corps de ces filles d'allure vulgaire. En te quittant je t'aurai appris une chose : faire le deuil de *moi* de mon vivant. Mais je ne voudrais surtout pas que tu partes sans rien, sans un petit souvenir mémorable. J'aimerais qu'il te reste quelque chose de moi. Et ce quelque chose est dans l'angle mort de ta mémoire. J'aimerais beaucoup te le restituer. Donnant-donnant : c'est ça le désir sexuel qui devient haine. Regarde ! Regarde bien ! Regarde ! Regarde-moi !

Le Boiteux faisait front à la face simiesque ruisselante de mascara, au regard insistant qui faisait peur. Valérie Ladès se leva, puis elle monta à quatre pattes sur la table en verre fumé, prenant soin de bien placer sa large croupe face au Boiteux.

« Regarde-moi ! Regarde mon cul ! » lui ordonnait-elle. Le verre de la table dédoublait le corps nu tout iridescent de sueur. Des personnages hagards, les yeux coruscants, s'approchaient à la queue leu leu de la table. À tour de rôle, ils frappaient la large croupe soit d'une gifle, soit d'un coup de poing, soit d'un coup de serviette nouée. Les frappes tombaient en se décuplant avec une rage féroce. Par effet miroir du passé, le Boiteux percevait à chaque choc sur les fesses de Valérie Ladès l'éclair d'une explosion atomique. Cela crépitait comme un *tableau de violences dilapidatrices*. Trinity. Little Boy. Fatman. Et ainsi de suite, plus de deux mille fois. Le Boiteux était saisi d'effroi face aux fesses d'un rouge sang si intense qu'il avait l'impression qu'elles s'embrasaient de l'intérieur d'un feu destructeur. Sous la volée de coups, le Boiteux entendait Valérie Ladès lui crier : « Look at me ! Regarde-moi ! » Puis elle se mit à expirer bruyamment, comme pour faire passer les contractions d'un accouchement. Sous la poussée anale les fesses s'écartaient. Le Boiteux voyait l'anus rasé s'ouvrir doucement, tel un iris, sur le noir anal. Une lente excrétion visqueuse et transparente s'égouttait de l'anus sur la table de verre fumé, chaque goutte paraissant, dans l'œil félin du Boiteux, bondir sur la précédente comme un animal en mangeant un autre. Une puissante odeur de merde, mêlée à des relents de plastique chaud, s'exhalait aux narines du Boiteux. Du cratère anal sortait une sphère noire de la taille d'une boule de billard. Elle était montée au bout d'un tube nervuré en fibre de verre pouvant se déployer sur cinquante centimètres en trois segments télescopiques lubrifiés d'une substance épaisse et translucide. Celle-ci dégoulinait en de longs étirements au fur et à mesure de l'avancée du tube. Malgré la puanteur, le Boiteux était sidéré face à cette sphère toute gluante qui s'approchait vers lui avec la lenteur d'un serpent. Dans un sifflement électronique, la partie avant de la sphère s'ouvrit comme un œil. Un minuscule écran de contrôle noir et globuleux palpitait d'une lueur sourde. Le Boiteux se pencha en avant vers l'écran qui diffusait un point de vue surplombant d'une chambre conjugale. De l'extérieur, la forêt du temps qui brûlait projetait des ombres menaçantes sur les murs gaufrés et sur le lit à coucher où était allongée sur le dos Valérie Ladès vêtue de sa petite robe Jocaste noire. Elle était sur le qui-vive. Au pied du lit à coucher, un homme posait sa hache avec laquelle il venait de défoncer la porte de la chambre conjugale. Il retira un à un ses habits crépusculaires. De petites tiges de fer lui perçaient ses chevilles enflées. L'homme velu clopina vers le lit à coucher, puis il tendit une main prédatrice. Valérie Ladès, pétrifiée, entendait le déchirement sans fin de sa petite robe Jocaste noire. Elle sentait une force déterminée arracher son soutien-gorge ; puis dilacérer son slip odorant rebrodé de dentelles fauves. La main velue ondulait sur la hanche encore sauvage. Le mâle montrait les dents. Son ventre velu arborait le tatouage d'un papillon bleu, le nombril lui perçant comme un trou noir le centre du corps. Les ailes mouchetées déployées, le papillon avait vingt-six centimètres d'envergure. Le sexe, impétueusement dressé, sur lequel serpentaient les saillies des veines sombres, se fraya un passage étroit dans le buisson sauvage au parfum musqué. Dissimulé parmi les entrelacs obscurs, il faisait le guet, l'écume aux lèvres méatiques. Puis il bondit soudain, et prit possession de sa proie utérine. Valérie Ladès se sentait paralysée : ses bras et ses jambes ne lui répondaient plus. Les grands yeux charbonneux coupés en amande fixaient le plafond fissuré. Le mascara glissait sur ses joues semées de petites cicatrices d'acné. Comme si elle venait de se séparer de son corps invaginé, elle avait une position en surplomb de la scène hétérosexuelle violente, chauvissant des oreilles pour saisir ses propres murmures – pitié ! pitié ! – et le son fossile sans un instant de cesse du déchirement de la robe Jocaste. Le corps tout velu accélérait ses coups de reins, lesquels prenaient de vitesse l'originaire – *regressus ad uterum* – pour aller froisser le visage de cette origine jusqu'à la défiguration. L'homme ouvrait grand la bouche de la prédation à mort. Les ombres agitées du feu du temps décomposaient tous les sens du mouvement oscillatoire de la lourde poitrine lactifère. Désynchronisé et opposé chroniquement dans la scène hétérosexuelle, l'homme fut ébloui soudain. Au moment où il sentit qu'il éjaculait dans la nuit noire du ventre de Valérie Ladès, le Boiteux redressa la tête et écarquilla les yeux sur l'ombre de la femme pendue qui surplombait la scène hétérosexuelle. Il ravalait en lui le cri qu'il avait envie de pousser, honteux de n'avoir pu retenir sa nature, comme le lui avait demandé Valérie Ladès : « Je veux que tu cesses d'éjaculer dans mon ventre ! » La tête et les jambes du Boiteux étaient saisies de soubresauts involontaires. Valérie Ladès lui tapotait l'épaule droite, comme pour le consoler de sa faute lapsaire. « Excuse-moi... Je n'ai pas pu me dominer... Ça a été bien plus fort que moi... » murmurait-il en se redressant. Il regarda son sexe simiesque sortir de la vulve mouillée ; puis il se retourna pour s'asseoir sur le bord du lit conjugal. Rompant le silence, Valérie Ladès lui raconta son viol. En l'écoutant, le Boiteux dénouait nerveusement le lien de cuir de la robe Jocaste noire étalée sur le sol tel un éphémère en train de mourir. « Je me suis sentie honteuse, avec une grande culpabilité, comme si ce viol était de mon fait... » lui disait-elle. Au fur et à mesure que le Boiteux écoutait son dire indicible, il se sentait envahi par l'auto-accusation et par la question du pourquoi ce dire-là à cet instant-là. « J'aimerais être un homme pour mieux comprendre ce que tu as fait. J'eusse préféré que tu ruines mon rouge à lèvres, plutôt que mon mascara. Sans reconnaître son fils et sans que lui-même la reconnût, elle coucha avec lui... Car c'est toujours la mère qu'on viole, qu'on attache, qu'on maltraite, qu'on frappe... Toujours ! » Lorsque Valérie Ladès eut terminé, elle se retourna sur le ventre. Le Boiteux posa sa main velue sur les fesses charnues et humides, la glissa doucement au creux des reins, contourna du bout des doigts les fossettes iliaques, puis il aborda la colonne de vertèbres et il remonta, petit à petit, la chaîne de l'évolution zoologique, chasses, prédations et copulations qu'il percevait froidement de la pulpe de ses doigts jusqu'à l'arrière des yeux, la vie la mort grouillant dans l'eau puis sortant de l'eau pour ramper vers la main prédatrice qui s'enfonçait dans la chevelure noire de nuit achronique.

Le Boiteux se dressa, enfila son habit vert, enjamba la petite robe Jocaste noire et les pièces de lingerie éparpillées ; puis il sortit de la chambre à coucher de Valérie Ladès en refermant la porte noire squameuse derrière lui sans se retourner. Assise sur le lit à coucher dans un état de qui-vive animal, Valérie Ladès appuyait très fort sur l'os pubien avec la paume de la main, ce qui permettait de repousser dans le corps le sang resté dans la vulve engorgée et d'excréter tout le sperme du Boiteux dehors. Valérie Ladès se pencha pour regarder le sperme étalé sur le drap froissé. Elle sentait la forte odeur âcre qui refluait à mesure que le sperme s'éclaircissait sous l'action de l'air et de la lumière. Le sperme de l'effraction, où des millions de spermatozoïdes déterminés succombaient à un carnage silencieux et invisible.

Valérie Ladès ramassa les deux morceaux de la statuette à son effigie qui s'était renversée sur l'étagère de la tête du lit, comme lors de chaque étreinte avortée avec le Boiteux. Elle rapprocha les deux morceaux, chacun contenant tel un sarcophage l'empreinte en creux de son corps. Et l'un et l'autre s'ajustèrent. Valérie Ladès reposa la statuette à son effigie, la fente des deux parties réunies disparaissant sous la couleur réaliste de la peau nue.

Par la baie vitrée, Valérie Ladès voyait sur le reflet de son corps nu le Boiteux sortir de la tour où elle était enfermée. Elle le suivait du regard descendre *l'escalier des siècles* jusqu'à ce qu'il s'enfonçât sous la peau de son ventre reflété. Valérie Ladès avait le sentiment angoissant d'être en train de sortir d'un long sommeil, d'une espèce d'amnésie. Elle sentait sous ses doigts gourds son clitoris – longtemps caché, dissimulé, déporté, perdu – devenir tout dur. Une excitation brûlante la traversait de part en part comme un couteau bien membré. Un voile d'illusions psychotiques se déchira soudain ! Pleine d'une forte odeur de marée, face à cette vérité extrême, Valérie Ladès poussa un cri étrange : « Βιος ! »... les yeux sans regard grands ouverts sur l'effroyable impermanence de toute chose qui régnait jusqu'à la ligne d'horizon des évènements, laquelle absorbait la lumière crue et brûlante du soleil féroce, astre thermonucléaire vieux de 4,5 milliards d'années.

Le corps nu de Valérie Ladès s'enfonçait dans la substance visqueuse d'un bon bain épuratoire. Vouloir s'échapper de la continuation de l'idéologie nazie en rompant tout contrat avec Corps Zéro Défaut®, c'eût été prendre le risque mortel de sentir des papillons vivants dans son ventre de femme. Toute erreur mènerait à sa ruine. Elle ne pouvait se permettre de rompre avec le géant mondial : elle avait signé une clause qui lui interdisait de lui porter atteinte. Ainsi qu'à ses produits. Dès lors devait-elle laisser passer sur son corps la science Zéro Défaut et se faire un lavement avant chaque sodomie à flux tendu dans l'écran de contrôle noir et globuleux, car elle avait une image à tenir en tant qu'égérie mondiale qui avait le marché à ses pieds, puisqu'elle se faisait sodomiser sous les yeux avisés des banques. Et elle se devait d'assumer cette fonction de réserve de valeur, car elle était l'actif le plus parfaitement liquide qui fût de ce vaste monde dédollarisé. L'extraterritorialité de Valérie Ladès était une arme de destruction massive. À la surface visqueuse du bain flottaient des mèches de cheveux glauques. Dans la noirceur de la vase cosmétique, Valérie Ladès revoyait, en mémoire altérée, le corps nu de la fille sacrifiée pour elle à L'Extalis par la violence légitime de l'État policier. Ainsi s'appliquait-elle un protocole sanitaire et sexuel renforcé pour rester en accord avec la volonté de Corps Zéro Défaut®. Elle se donnait à Lui avec autant d'ardeur que son corps torturé sur la croix, et qui pendait en effigie devant ses yeux de l'esprit. S'enfoncer dans une rhétorique…

Toute ruisselante d'une matière visqueuse et noire comme de la laque, Valérie Ladès sortit du bain épuratoire en enjambant la baignoire. D'un pas très lent, elle s'avança dans le corridor sombre, à la recherche d'une nouvelle tête de Turc. Elle entra dans le salon dont l'obscurité était zébrée d'éclairs. Elle s'arrêta face à la baie vitrée. Son corps visqueux crépitait d'éclats de lumière. Dans le ciel noir se déroulait une bataille aérienne acharnée, consécutive à la monétisation de l'anus des femmes sur le marché mondial, à la guerre économique, à la loi de l'offre et de la demande et de l'explosion récurrente et systémique de la bulle spéculative financière. Une société post-néolithique industrialisée ne pouvait tenir que par le déni d'orgasme, la violence, la contrainte et *la fabrique du consentement*. La silhouette callipyge de Valérie Ladès se découpait sur la baie toute zébrée d'éclairs de bombardements à saturation. Au nom du bien collectif, une haine exubérante et dilapidatrice – que le refoulement avait décuplée – créait un environnement nouveau, un milieu hostile où la doxa néolibérale dominait, avec une nouvelle voie à suivre pour retrouver le chemin de la compétitivité et de la croissance, un cap qui mènerait à une fin ultime : la liquéfaction du cul universel de Valérie Ladès. Un bien matériel et immatériel 100% recyclable. Accroupie, Valérie Ladès laissait sortir de son anus open-source une merde phallique qui alla s'écraser au sol de béton cru comme une bombe à fission sexuelle.

Avant de quitter l'obscurité des dernières marches de *l'escalier des siècles*, le Boiteux se rendit brusquement compte qu'il tenait toujours à la main gauche le petit papier blanc contenant le mot de passe qui lui avait donné accès à la chambre et au lit à coucher de Valérie Ladès. Il froissa le mot bleu *Épicasté* en boule et le jeta dans une corbeille. Son instinct de survie interne le poussa à jeter son téléphone cellulaire – objet obsolescent destiné à une exploitation systématique du temps. Il s'élança sur une vaste esplanade de béton parsemée de souillures idéologiques et tout enveloppée d'une nuit noire sans astres. Il ressentait au niveau du plexus comme une piqûre d'épingle. Au pied des lampadaires des éphémères morts formaient une couche solidifiée de temps. Le Boiteux traversait une sorte de paysage ruiniforme. Traces d'une chute de civilisation. Parmi les ruines silencieuses et souveraines, il reconnaissait encore l'auréole de la haine originaire qui avait structuré et façonné l'univers carcéral duquel il s'échappait. Clopinant dans la laisse du reflux et du flux du *réel*, il approcha sa gueule animale du ruissellement féminin d'une source, par-delà laquelle, dans une espèce de nuit utérine profonde et angoissante, il serait condamné à entreprendre son voyage à sens unique vers la mort, le *fascinus*, d'un aspect âge de pierre, dressé *en dehors* de toute distance séparant l'animal de l'homme. Dans cette obscurité déchirée du tissu du *réel*, une tache de lumière fossile présauvage fonçait vers le Boiteux. Les rayons chatoyants multimillénaires frappèrent douloureusement ses yeux grands ouverts. Brusque réminiscence d'un coït bestial sur une pierre tombale austère : « Georgia... Ton haleine ?... Tu as une drôle d'haleine... » « Je... je suis enceinte Pierre... » Sa grossesse ne se voyait pas encore sur son ventre tout maculé de boue. « J'avais ce désir !... Conserver le rêve de l'enfant en toi... Je garde l'enfant en nous deux !... » lui soufflait-t-elle. Et elle lui riait au visage, avec un air de défi. Mourir sur la bouche d'une femme enceinte, les pieds nus dans l'ordure sexuelle. Perdre le langage dans la lumière fossile du sperme et de la mouille. Dans l'incertitude de l'être. Dans le cri du *jouir* féminin. Dans l'explosion d'une étoile se dilatant comme un ovule fécondé… Le Boiteux – le néant – claudiquait dans la lumière crue et vulgaire du surgissement soudain d'une fille erratique irrégrédiente, dont l'éclat de nudité animale dépassait tout entendement humain. Elle était la *pulsion* en personne. Une poussée vivifiante et sauvage. L'impermanence. Végétale et animale, elle était terreuse et elle avait une peau couleur de nouménie exhalant une odeur minérale. Son cul bellement sphérique était le miroir dionysiaque d'un monde antérieur retrouvé. Le Boiteux soutenait du regard blessé par la lumière le ventre vestigial sans limites. Mais il avait peur, peur de s'approcher de la sauvagerie de cette fille erratique toute contre-tendue par une acmé pulsionnelle infinie. Il avait peur de la revanche des femmes, dont les hommes avaient imité le pouvoir de procréation en contrôlant et en dominant leurs corps. De toutes ces femmes que les hommes avaient phagocytées en limitant leur être par le viol systématique, par la prédation sexuelle à mort, par la manducation sociale répétée, par l'esclavage domestique, par le gynécide invisible. Tout autour de la fille erratique, le Boiteux voyait plein de papillons et plein d'animaux sauvages effrayants de beauté. Certains animaux éclataient. À mesure que leurs ventres s'ouvraient dans un bouillon de sang, une femme en sortait. Chacune d'elles s'avançait en laissant sa matrice animale derrière elle. Elles étaient toutes de nature illimitée, puissances vivantes, féroces, brutales, pré-sauvages et obstinées. Le visage effaré d'avant le monde, poussant des cris purs de démente, elles s'avançaient ensemble vers le Boiteux, ce petit papillon vert d'avant les hommes qui cherchait dans la nuit achronique de leurs nombrils à apaiser la violence assertive de cette anamnèse. À tire d'aile, il s'échappait doucement de la durée pour entrer dans le temps jadis. Revenu en amont de l'humanité, le petit papillon vert d'avant les hommes éprouvait en lui la voix *in utero* hallucinogène de la fille erratique qui accueillait et caressait la racine brute de l'intempérance sexuelle. Un mouvement néguentropique, de fureur animale inouïe, le plaçait bon gré mal gré dans le territoire effrayant de l'impensable : la transition du néant (absence absolue de toute chose) à un état où au moins une chose existe : la *Jouissance Féminine*. Comment ce néant a-t-il pu devenir *Jouissance Féminine* (principe et élément d'où procéda ensuite tout le *réel*) ? Un *réel* excité (inflation cosmique : dilatation infinie de la structure matière/énergie de l'espace-temps) ?

Cette éclosion originaire du monde se répèterait dans l'intimité séparée de rien au fond de la nuit humide de l'utérus, après l'acte de chair dans la laisse de la mort. Dans l'immonde du sexuel. Dans l'ordure, la brutalité et la lubricité du déchaînement athéologique de la scène hétérosexuelle. Dans la vérité extrême, obscène et fascinante du visage simiesque de la femelle qui hurlait à pleine gorge angoissée l'étreinte génitale, les yeux non-humains révulsés sur un monde antérieur, où, dans le non-rapport des sexes, toute copulation en son expression prédatrice bestiale, répétitive, toujours avortée, tournée vers l'énergie solaire, relevait de la vie naturelle et indéfinie d'une bête en continuité absolue avec la totalité concrète du *réel*. Comme ces millions de spermatozoïdes, poussés par la pression du temps jadis, qui cherchaient l'ovule dans le ventre souverain de Daria – n'en sachant rien, étonnamment et bellement vulgaire, d'une animalité naturelle, la mâchoire archaïque serrée, les joues toutes grêlées rouge sang, les yeux sauvages cernés, limpides et sans ombre, le corps, en appui sur les coudes, allongé dessus les ruines du naufrage de la pensée, les jambes impudemment écartées, le front bas suintant de sueur, Daria fixait par en dessous chaque homme qui venait la *baiser* à la queue leu leu, éjaculant leur sperme dans la vulve asymétrique, fournie, flétrie, ridée, rose à l'intérieur, marron à l'extérieur, entourée de rouge violacé et voilée d'un épais et sombre buisson musqué, d'où s'écoulait le foutre odorant qui se subdivisait doucement vers les sillons des cuisses comme des rivières d'écume remontant à leur source. Daria était souverainement caractérisée par une infinie *volonté de jouir* : s'éprouvant comme une *négativité sans emploi* par la dépense pure du va-et-vient dans son sexe débarrassé du souci d'avenir, avec une vulgarité féroce, une folle témérité et une ténacité rageuse, elle se posait en *salope* – déterminant ici une puissance – sans scrupules de la fin de l'Histoire. Sa vulve labourée sans aucune réserve ni mesure, toute dégorgeante de mouille et de sperme dru, niait et affrontait la mort la vie, dont le souffle rauque remontait au fil des coups de boutoir pour s'exhaler de la gueule obscène, grande ouverte comme celle d'un animal désirant manger un autre animal. L'extrême tension à l'intérieur de Daria la portait à la plus intense présence appuyée sur la vérité. Elle devenait une *nature-morte humaine*. Une libération des instincts. L'œil animal indomesticable, indiciblement belle, elle fixait fiévreusement la violence tendue de chaque homme qui venait se glisser entre ses jambes pour la foutre avec une insolence heureuse. Elle se donnait à chacun d'eux dans un pur rapport d'immanence. Un violent sentiment de *réel* l'envahissait. Elle était comme le feu dans le feu. Féroce. Plus belle, plus folle et plus chaotique que jamais. Brûlante et lourde d'une belle *part maudite*. La face simiesque de l'âge de pierre bellement immonde. Le souffle éraillé. L'écume aux lèvres. Le pouls ferme et battant régulièrement très vite. La motilité spécifique de la petite poitrine humide toute dure. Chaque homme qui s'enfonçait loin en elle avec force coups de reins, force hurlements abominables et force avidité du vouloir était comme une impossible réponse à son angoisse ontologique. Une secousse sexuelle dure et impérieuse, une libre expression des basses pulsions à mi-chemin entre art primitif et mutilation sacrificielle. Dans cette mise en danger permanente, Daria détruisait en elle l'idée d'avoir un but. Elle détruisait en elle son *moi*. Elle détruisait en elle le verbe. Elle détruisait en elle la chair faite verbe. Elle tuait la vieille Ève pour accueillir Lilith. Elle sortait du temps pour l'instant présent infini. Allongée dans l'ordure sexuelle, elle était animale et illimitée, souveraine dans un monde aux valeurs renversées et tout traversé d'éclairs. Elle dilapidait dans une impression bestiale de désespoir toute son énergie, comme une étoile, comme l'univers que l'entropie rendrait si froid que plus rien ne bougerait. Dissipation irréversible de l'énergie. Elle était au cœur d'une entropie organique triviale : Tout était pour Rien et Rien était pour Tout. L'extase sexuelle était poussière de toutes choses. Il pulsait de son corps turgide une fontaine d'énergie hallucinante qui provenait d'au-delà du monde séculaire et de la contingence. Dans la saisie de l'instant, elle *baisait* face à face, *en un potlatch d'absurdité*, comme un sentiment de défi, de folie cosmique. Elle débordait le présent : elle était l'être... la pulsion... le sexe à l'œuvre... le renversement des valeurs... la destruction de la reproduction sexuelle du social patriarcal... la transgression radicale... « Détruire !!! » criait-elle... Et au milieu de son dos, entre la saillie des omoplates, *Aporia crataegi*, papillon de taille nanométrique, déployait ses ailes blanches finement nervurées de noir... Le dernier homme passé entre ses cuisses trempées, Daria se redressa, chauvissant bellement des oreilles pour percevoir l'écho lointain, où tintinnabulaient les dernières notes de *Georgia on my mind*. Les yeux scintillaient d'une lumière fossile stellaire. Le corps turgide d'orgueil sauvage ruisselait de sueur chatoyante. Le sperme et la mouille pleuvaient d'entre ses jambes encore secouées par le sexuel. Lentement, elle déploya ses ailes blanches nervurées de noir. Suffisante en sa réalité, elle était pleinement contemplative :

elle appréhendait tout ce qui se passait partout dans l'univers. Les ondes de la *Jouissance Féminine*, cette puissance à l'origine de l'éclosion de l'univers, traversaient de part en part le feu de chair de son corps immonde tout empreint de sexe. Les pieds dans l'ordure du *réel*, elle s'avança, à travers les perspectives aléatoires de l'espace-temps, en direction de cet homme *faible* et *ignorant*, trempé et tout boueux, qui venait d'un monde en extinction et qu'elle avait remarqué en train de boitiller autour de la scène sexuelle fascinante et sordide, les yeux de la face simiesque plantés dans la réalité fondamentale de l'être qu'elle dévoilait scandaleusement. Il avait discerné avec effroi, dans la violence de cette scène sexuelle qui rétablissait dans la souillure une continuité toute-puissante ramenant au sein de la nature, une valeur de renversement du langage qui avait structuré son inconscient, et dès lors son comportement envers les femmes. Le front bas, il fixait sans ciller Daria s'avancer vers lui : chaque partie du corps d'icelle avait une raison d'être, une intensité, une vitalité, une fluidité qui semblait s'écouler comme une chose sauvage au bord du gouffre du monde, là où par le sexe le *logos* du cosmos devenait accessible. Daria était un aspect de la volonté du *réel*. Le fond de l'être et la nature de toutes les choses résidaient dans la figure sexuelle localisée entre ses jambes. La chevelure filasse échevelée tel un massacre, le visage de sainte d'une clarté triviale, le cœur battant encore très fort, profondément humide et lourde d'animalité, exhalant une odeur musquée salace, la pensée ni subordonnée, ni assujettie mais en *anus solaire*, l'instinct sexuel débordant dans le présent aoristique, Daria ondulait comme au bord d'une pulsion qui n'avait de cesse que lorsqu'elle restait à son acmé *ad aeternam*. Envoyant d'un coup de pied le masque de la tête divine de Jocaste glisser sous un lit à coucher en ruine – et sur lequel, parmi les draps défaits et sales, se déroulaient et se dérouleraient encore, en dessous d'un massacre, dans la mise en scène d'un deuil, toutes les étreintes ordurières, dans le *Oui* au monde où la Bombe et la Guerre étaient le fait d'êtres humains : copuler à *hauteur d'Auschwitz et d'Hiroshima* –, elle se rapprocha en souriant comme un loup de l'homme boiteux. Elle déploya ses ailes blanches nervurées de noir et s'y enveloppa avec lui. De ses belles mains lourdes et légères elle lui retira son habit vert trempé et boueux – sous lequel il était nu, d'une nudité austère. L'homme boiteux avait un sexe de femme. Une vulve *cynique*, à la vérité sans fard toute velue. Poils noirs soyeux et lustrés, prenant à la lumière des éclairs des tons nacrés. Les longs doigts d'une main de Daria se faufilaient dans les entrelacs bouclés. Geste quasi félin. Indécent. Une forte odeur animale s'exhalait de la vulve branlée, engendrant une clarté d'esprit totale : une connaissance unitive du *réel*. Doucement, lentement, courageusement, Daria caressait effrontément le joli clitoris. Dur comme une pierre vivante. Élevé dans l'indocilité. Gluant comme la boue. La main masturbatrice ondulait avec une célérité bestiale. Avide de se jeter dans l'angoisse, de chercher l'angoisse, de créer l'angoisse pour l'exorciser dans la matière organique, Daria branlait furieusement le clitoris mouillé, sans éluder cette angoisse issante, jusqu'à ce que l'homme boiteux – tout enveloppé dans les ailes d'*Aporia crataegi* – basculât en arrière, à rebours vers ce monde féminin (irrémédiablement perdu ?) où tout est impermanent. Et dans le sang lunaire que versent toutes les femmes, il bascula… saisissant d'un regard lucide et frontal l'essence des choses… alors que dans la nuit profonde et humide du ventre de Daria – où nous vîmes la femme indiciblement belle pendue – l'ovule fécondé faisait éclore du commencement du temps jadis *Panta Onta* nues.

SOURCES
(Charognage)

Bibliographie :

Henri Altman, *L'utérus artificiel*, Le Seuil, 2005.
Jacques André, *Aux origines féminines de la sexualité*, PUF, 1995.
Sarah Barnak, *Jouir, enquête de l'orgasme féminin*, La Découverte, 2019.
Georges Bataille, *La part maudite*, Éditions de Minuit, 2011.
Silvia Federici, *Le capitalisme patriarcal*, La Fabrique, 2019.
Delphine Gardey, *Politique du clitoris*, Éditions Textuel, 2019.
Aldous Huxley, *L'éminence grise*, Éditions de la table ronde, 1977.
René-Victor Pilhes, *L'imprécateur*, Éditions du Seuil, 1974
Pascal Quignard, *Dernier Royaume*, tomes 1 à 10, Grasset.
Michel Surya, *Georges Bataille, la Mort à l'œuvre*, Éditions Gallimard, 1992

Filmographie :

The Perfect Human, *(12 mn, Italie, 2012, Couleur)* Documentaire de Rosario Gallardo sur la performance **L'Essere Umano Perfetto** de 230 minutes.

Documentation diverse :

Magazine Richardson, A7, 2013, Tori Black interview by K. Scortino
Les pages entomologiques d'André Lequet : http://www.insectes-net.fr

Merci à Pascale de m'avoir mis sur la piste *d'Aporia crataegi...*

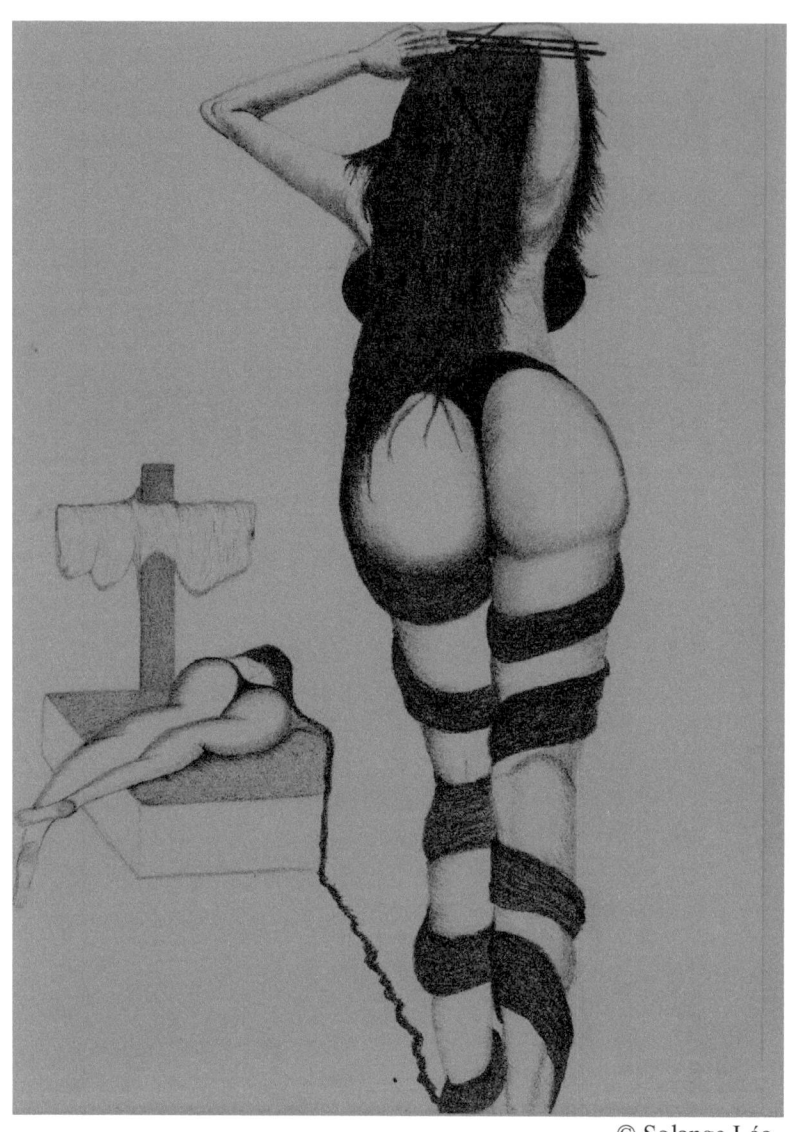

© Solange Léo

© *Tori Black/Michelle Chapman*

Version définitive revue et corrigée par l'auteur.
Tous droits de traduction, de reproduction et d'adaptation réservés pour tous les pays.
© Pierre Alcopa – 2021
Éditeur : BoD-Books on Demand,
12/14 rond-point des Champs Elysées,
75008 Paris, France.

Impression: BoD-Books on Demand
Norderstedt Allemagne
ISBN:978-2-322-27210-5
Ier dépôt légal : mai 2015
2ième dépôt légal : juillet 2015

Dépôt légal: avril 2021